空山灵雨·无法投递之邮件

许地山 著

北方联合出版传媒(集团)股份有限公司
万卷出版公司

©　许地山　2015

图书在版编目（ＣＩＰ）数据

空山灵雨·无法投递之邮件／许地山著．－－沈阳：
万卷出版公司，2015.6（2023.5 重印）
（轻阅读）
ISBN 978-7-5470-3617-4

Ⅰ．①空… Ⅱ．①许… Ⅲ．①散文集 – 中国 – 现代
Ⅳ．① I266

中国版本图书馆 CIP 数据核字 (2015) 第 068790 号

出　品　人：王维良
出版发行：北方联合出版传媒（集团）股份有限公司
　　　　　　万卷出版公司
　　　　　　（地址：沈阳市和平区十一纬路 29 号　邮编：110003）
印　刷　者：三河市双升印务有限公司
经　销　者：全国新华书店
幅面尺寸：150mm×215mm
字　　　数：86 千字
印　　　张：8.25
出版时间：2015 年 6 月第 1 版
印刷时间：2023 年 5 月第 2 次印刷
责任编辑：胡　利
责任校对：张　莹
封面设计：王晓芳
内文制作：王晓芳
ISBN 978-7-5470-3617-4
定　　　价：49.00 元
联系电话：024-23284090
传　　　真：024-23284448

序 言

年少读书，老师总以"生而有涯，学而无涯"相勉励，意思是知识无限而人生有限，我们少年郎更得珍惜时光好好学习。后来读书多了，才知庄子的箴言还有后半句："以有涯随无涯，殆已！"顿感一代宗师的见识毕竟非一般学究夫子可比。

一代美学家、教育家朱光潜老先生也曾说："书是读不尽的，就读尽也是无用。"理由是"多读一本没有价值的书，便丧失可读一本有价值的书的时间和精力"，可见"英雄所见略同"。

当代人的生活节奏越来越快，很多人感慨抽出时间来读书俨然成为一种奢侈。既然我们能够用来读书的时间越来越宝贵，而且实际上也并非每本书都值得一读，那么如何从浩瀚的书海中挑出真正适合自己的好书，就成为一项重要且必不可少的工作。于是，我们编纂了这套"轻阅读"书系，希望以一愚之得为广大书友们做一些粗浅的筛选工作。

本辑"轻阅读"主要甄选的是民国诸位大师、文豪的著作，兼选了部分同一时期"西学东渐"引入国内的外国名著。我们之所以选择这个时期的作品作为我们这套书系的第一辑，原因几乎是不言而喻的——这个时期是中国学术史上一个大时代，只有春秋战国等少数几个时代可以与之媲美，而且这个时代创造或引进的思想、文化、学术、文学至今对当代人还有着深远的影响。

当然，己所欲者，强施于人也是不好的，我们无意去做一个惹人生厌的、给人"填鸭"的酸腐夫子。虽然我们相信，这里面的每一本书都能撼动您的心灵，启发您的思想，但我们更信任读者您的自主判断，这么一大套书系大可不必读尽。若是功力不够，勉强读尽只怕也难以调和、消化。崇敬慷慨激昂的闻一多的读者未必也欣赏郁达夫的颓废浪漫；听完《猛回头》《警世钟》等铿锵澎湃的革命号角，再来朗读《翡冷翠的一夜》等"吴侬软语"也不是一个味儿。

读书是一件惬意的事，强制约束大不如随心所欲。偷得浮生半日闲，泡一杯清茶，拉一把藤椅，在家中阳光最充足的所在静静地读一本好书，聆听过往大师们穿越时空的凌云舒语，岂不快哉？

周志云

目 录

空山灵雨

无法投递之邮件

空山灵雨

弁言

　　生本不乐，能够使人觉得稍微安适的，只有躺在床上那几小时，但要在那短促的时间中希冀极乐，也是不可能的事。

　　自入世以来，屡遭变难，四方流离，未尝宽怀就枕。在睡不着时，将心中似忆似想的事，随感随记；在睡着时，偶得趾离过爱，引领我到回忆之乡，过那游离的日子，更不得不随醒随记。积时累日，成此小册。以其杂沓纷纭，毫无线索，故名《空山灵雨》。

　　　　　　　　十一年一月二十五日落华生

空山灵雨·无法投递之邮件

心有事（开卷的歌声）

心有事，无计问天。

心事郁在胸中，教我怎能安眠？

我独对着空山，眉更不展；

我魂飘荡，犹如出岫残烟。

想起前事，我泪就如珠脱串。

独有空山为我下雨涟涟。

我泪珠如急雨，急雨犹如水晶箭；

箭折，珠沉，融作山溪泉。

做人总有多少哀和怨：

积怨成泪，泪又成川！

今日泪、雨交汇入海，海涨就要沉没赤县；

累得那只抱恨的精卫拚命去填。

呀，精卫！你这样做，虽经万劫也不能遂愿。

不如咒海成冰，使它像铁一样坚。

那时节，我要和你相依恋，

各人才对立着，沉默无言。

蝉

　　急雨之后，蝉翼湿得不能再飞了。那可怜的小虫在地面慢慢地爬，好容易爬到不老的松根上头。松针穿不牢的雨珠从千丈高处脱下来，正滴在蝉翼上。蝉"嘶"了一声，又从树的露根摔到地上了。

　　雨珠，你和它开玩笑么？你看，蚂蚁来了！野鸟也快要看见它了！

蛇

在高可触天的桄榔树下，我坐在一条石凳上，动也不动一下。穿彩衣的蛇也蟠在树根上，动也不动一下。多会让我看见它，我就害怕得很，飞也似的离开那里，蛇也和飞箭一样，射入蔓草中了。

我回来，告诉妻子说："今儿险些不能再见你的面！"

"什么缘故？"

"我在树林见了一条毒蛇：一看见它，我就速速跑回来；蛇也逃走了。……到底是我怕它，还是它怕我？"

妻子说："若你不走，谁也不怕谁。在你眼中，它是毒蛇；在它眼中，你比它更毒呢。"

但我心里想着，要两方互相惧怕，才有和平。若有一方大胆一点，不是它伤了我，便是我伤了它。

笑

我从远地冒着雨回来，因为我妻子心爱的一样东西让我找着了；我得带回来给她。

一进门，小丫头为我收下雨具，老妈子也借故出去了。我对妻子说："相离好几天，你闷得慌吗？……呀，香得很！这是从哪里来的？"

"窗棂下不是有一盆素兰吗？"

我回头看，几箭兰花在一个汝窑钵上开着。我说："这盆花多会移进来的？这么大雨天，还能开得那么好，真是难得啊！……可是我总不信那些花有如此的香气。"

我们并肩坐在一张紫檀榻上。我还往下问："良人，到底是兰花的香，是你的香？"

"到底是兰花的香，是你的香？让我闻一闻。"她说时，亲了我一下。小丫头看见了，掩着嘴笑，翻身揭开帘子，要往外走。

"玉耀，玉耀，回来。"小丫头不敢不回来，但仍然抿着

空山灵雨·无法投递之邮件

嘴笑。

"你笑什么？"

"我没有笑什么。"

我为她们排解说："你明知道她笑什么，又何必问她呢，饶了她吧。"

妻子对小丫头说："不许到外头瞎说。去吧，到园里给我摘些瑞香来。"小丫头抿着嘴出去了。

三迁

花嫂子着了魔了！她只有一个孩子，舍不得教他入学。她说："阿同的父亲是因为念书念死的。"

阿同整天在街上和他的小伙伴玩：城市中应有的游戏，他们都玩过。他们最喜欢学警察、人犯、老爷、财主、乞丐。阿同常要做人犯，被人用绳子捆起来，带到老爷跟前挨打。

一天，给花嫂子看见了，说："这还了得！孩子要学坏了。我得找地方搬家。"

她带着孩子到村庄里住。孩子整天在阡陌间和他的小伙伴玩：村庄里应有的游戏，他们都玩过。他们最喜欢做牛、马、牧童、肥猪、公鸡。阿同常要做牛，被人牵着骑着，鞭着他学耕田。

一天，又给花嫂子看见了，就说："这还了得！孩子要变畜生了，我得找地方搬家。"

她带孩子到深山的洞里住。孩子整天在悬崖断谷间和他的小伙伴玩。他的小伙伴就是小生番、小猕猴、大鹿、长尾三娘、大蛱蝶。他最爱学鹿的跳跃，猕猴的攀缘，蛱蝶的飞舞。

有一天，阿同从悬崖上飞下去了。他的同伴小生番来给花嫂子报信，花嫂子说："他飞下去么？那么，他就有本领了。"

呀，花嫂子疯了！

香

　　妻子说："良人，你不是爱闻香么？我曾托人到鹿港去买上好的沉香线；现在已经寄到了。"她说着，便抽出妆台的抽屉，取了一条沉香线，燃着，再插在小宣炉中。

　　我说："在香烟绕缭之中，得有清谈。给我说一个生番故事吧。不然，就给我谈佛。"

　　妻子说："生番故事，太野了。佛更不必说，我也不会说。"

　　"你就随便说些你所知道的吧，横竖我们都不大懂得；你且说，什么是佛法吧。"

　　"佛法么？——色，——声，——香，——味，——触，——造作，——思维，都是佛法；唯有爱闻香的爱不是佛法。"

　　"你又矛盾了！这是什么因明？"

　　"不明白么？因为你一爱，便成为你的嗜好；那香在你闻觉中，便不是本然的香了。"

空山灵雨·无法投递之邮件

愿

　　南普陀寺里的大石，雨后稍微觉得干净，不过绿苔多长一些。天涯的淡霞好像给我们一个天晴的信。树林里的虹气，被阳光分成七色。树上，雄虫求雌的声，凄凉得使人不忍听下去。妻子坐在石上，见我来，就问："你从哪里来？我等你许久了。"

　　"我领着孩子们到海边捡贝壳咧。阿琼捡着一个破贝，虽不完全，里面却像藏着珠子的样子。等他来到，我教他拿出来给你看一看。"

　　"在这树荫底下坐着，真舒服呀！我们天天到这里来，多么好呢！"

　　妻说："你哪里能够……"

　　"为什么不能？"

　　"你应当做荫，不应当受荫。"

　　"你愿我做这样的荫么？"

　　"这样的荫算什么！我愿你做无边宝华盖，能普荫一切世间诸有情；愿你为如意净明珠，能普照一切世间诸有情；愿你为降魔金刚杵，能破坏一切世间诸障碍；愿你为多宝盂兰盆，能盛百味，滋养一切世间诸饿渴者；愿你有六手，十二手，百手，千万手，无量数那由他如意手，能成全一切世间等等美善事。"

我说："极善，极妙！但我愿做调味的精盐，渗入等等食品中，把自己的形骸融散，且回复当时在海里的面目，使一切有情得尝咸味，而不见的体。"

妻子说："只有调味，就能使一切有情都满足吗？"

我说："盐的功用，若只在调味，那就不配称为盐了。"

山响

　　群峰彼此谈得"呼呼"地响。它们的话语，给我猜着了。

　　这一峰说："我们的衣服旧了，该换一换啦。"

　　那一峰说："且慢罢，你看，我这衣服好容易从灰白色变成青绿色，又从青绿色变成珊瑚色和黄金色——质虽是旧的，可是形色还不旧。我们多穿一会吧。"

　　正在商量的时候，它们身上穿的，都出声哀求说："饶了我们，让我们歇歇吧。我们的形态都变尽了，再不能为你们争体面了。"

　　"去吧，去吧，不穿你们也算不得什么。横竖不久我们又有新的穿。"群峰都出着气这样说。说完之后，那红的、黄的彩衣就陆续褪下来。

　　我们都是天衣，那不可思议的灵，不晓得甚时要把我们穿着得非常破烂，才把我们收入天橱。愿他多用一点气力，及时用我们，使我们得以早早休息。

愚妇人

　　从深山伸出一条蜿蜒的路，窄而且崎岖。一个樵夫在那里走着，一面唱：

　　　　鹁鸪，鹁鸪，来年莫再鸣！
　　　　鹁鸪一鸣草又生。
　　　　草木青青不过一百数十日，
　　　　到头来，又是樵夫担上薪。

　　　　鹁鸪，鹁鸪，来年莫再鸣！
　　　　鹁鸪一鸣虫又生。
　　　　百虫生来不过一百数十日，
　　　　到头来，又要纷纷扑红灯。
　　　　鹁鸪，鹁鸪，来年莫再鸣！
　　　　……

他唱时，软和的晚烟已随他的脚步把那小路封起来了，他还要往下唱，猛然看见一个健壮的老妇人坐在溪涧边，对着流水哭泣。

　　"你是谁？有什么难过的事？说出来，也许我能帮助你。"

　　"我么？唉！我……不必问了。"

　　樵夫心里以为她一定是个要寻短见的人，急急把担卸下，进前几步，想法子安慰她。他说："妇人，你有什么难处，请说给我听，或者我能帮助你。天色不早了，独自一人在山中是很危险的。"

　　妇人说："我从来就不知道什么叫做难过。自从我父母死后，我就住在这树林里。我的亲戚和同伴都叫我做石女。"她说到这里，眼泪就融下来了。往下她的话语就支离得怪难明白。过一会儿，她才慢慢说："我……我到这两天才知道石女的意思。"

　　"知道自己名字的意思，更应当喜欢，为何倒反悲伤起来？"

　　"我每年看见树林里的果木开花，结实，把种子种在地里，又生出新果木来。我看见我的亲戚、同伴们不上两年就有一个孩子抱在她们怀里。我想我也要像这样——不上两年就可以抱一个孩子在怀里。我心里这样说，这样盼望，到如今，六十年了！我不明白，才打听一下。呀，这一打听，叫我多么难过！我没有抱孩子的希望了……然而，我就不能像果木，比不上果木么？"

　　"哈，哈，哈！"樵夫大笑了，他说，"这正是你的幸运哪！抱孩子的人，比你难过得多，你为何不往下再向她们打听一下呢？我告诉你，不曾怀过胎的妇人是有福的。"

　　一个路傍素不相识的人所说的话，哪里能够把六十年的希望——迷梦——立时揭破呢？到现在，她的哭声，在樵夫耳边，还可以约略地听见。

空山灵雨·无法投递之邮件

蜜蜂和农人

雨刚晴，蝶儿没有蓑衣，不敢造次出来，可是瓜棚底四围，已满唱了蜜蜂的工夫诗：

　　彷彷，徨徨！徨徨，彷彷！
　　生就是这样，徨徨，彷彷！
　　趁机会把蜜酿。
　　大家帮帮忙；
　　别误了好时光。
　　彷彷，徨徨！徨徨，彷彷！

蜂虽然这样唱，那底下坐着三四个农夫却各人担着烟管在那里闲谈。

人的寿命比蜜蜂长，不必像它们那么忙么？未必如此。不过农夫们不懂它们的歌就是了。但农夫们工作时，也会唱的。他们唱的是：

村中鸡一鸣，
阳光便上升，
太阳上升好插秧。
禾秧要水养，
各人还为踏车忙。
东家莫截西家水；
西家不借东家粮。
各人只为各人忙——
"各人自扫门前雪，
不管他人瓦上霜。"

"小俄罗斯"的兵

　　短篱里头，一棵荔枝，结实累累。那朱红的果实，被深绿的叶子托住，更是美观；主人舍不得摘它们，也许是为这个缘故。

　　三两个漫游武人走来，相对说："这棵红了，熟了，就在这里摘一点吧。"他们嫌从正门进去麻烦，就把篱笆拆开，大摇大摆地进前。一个上树，两个在底下接；一面摘，一面尝，真高兴呀！

　　屋里跑出一个老妇人来，哀声求他们说："大爷们，我这棵荔枝还没有熟哩；请别作践它；等熟了，再送些给大爷们尝尝。"

　　树上的人说："胡说，你不见果子已经红了么？怎么我们吃就是作践你的东西？"

　　"唉，我一年的生计，都看着这棵树。罢了，罢……"

　　"你还敢出声么？打死你算得什么；待一会，看把你这棵不中吃的树砍来做柴火烧，看你怎样。有能干，可以叫你们的人到广东吃去。我们那里也有好荔枝。"

　　唉，这也是战胜者、强者的权利么？

爱的痛苦

在绿荫月影底下，朗日和风之中，或疾雨飘雪的时候，牛先生必要说他的真言，"啊，拉夫斯偏"！他在三百六十日中，少有不说这话的时候。

暮雨要来，带着愁容的云片，急急飞避；不识不知的蜻蜓还在庭园间遨游着。爱诵真言的牛先生闷坐在屋里，从西窗望见隔院的女友田和正抱着小弟弟玩。

姐姐把孩子的手臂咬得吃紧；擘他的两颊；摇他的身体；又掌他的小腿。孩子急得哭了。姐姐才忙忙地拥抱住他，堆着笑说："乖乖，乖乖，好孩子，好弟弟，不要哭。我疼爱你，我疼爱你！不要哭。"不一会孩子的哭声果然停了。可是弟弟刚现出笑容，姐姐又该咬他、擘他、摇他、掌他咧。

檐前的雨好像珠帘，把牛先生眼中的对象隔住。但方才那种印象，却萦回在他眼中。他把窗户关上，自己一人在屋里踱来踱去。最后，他点点头，笑了一声："哈，哈！这也是拉夫斯偏！"

空山灵雨·无法投递之邮件

他走近书桌子，坐下，提起笔来，像要写什么似的。想了半天，才写上一句七言诗。他念了几遍，就摇头，自己说："不好，不好。我不会作诗，还是随便记些起来好。"

　　牛先生将那句诗涂掉以后，就把他的日记拿出来写。那天他要记的事情格外多。日记里应用的空格，他在午饭后，早已填满了。他裁了一张纸，写着：

　　　黄昏，大雨。田在西院弄她的弟弟，动起我一个感想，就是：人都喜欢见他们所爱者的愁苦；要想方法教所爱者难受。所爱者越难受，爱者越喜欢，越加爱。

　　　一切被爱的男子，在他们的女人当中，直如小弟弟在田的膝上一样。他们也是被爱者玩弄的。

　　　女人的爱最难给，最容易收回去。当她把爱收回去的时候，未必不是一种游戏的冲动；可是苦了别人哪。

　　　唉，爱玩弄人的女人，你何苦来这一下！愚男子，你的苦恼，又活该呢！

　　牛先生写完，复看一遍，又把后面那几句涂去，说："写得太过了，太过了！"他把那张纸附贴在日记上，正要起身，老妈子把哭着的孩子抱出来，一面说："姐姐不好，爱欺负人。不要哭，咱们找牛先生去。"

　　"姐姐打我！"这是孩子所能对牛先生说的话。

　　牛先生装作可怜的声音，忧郁的容貌，回答说："是吗？姐姐打你吗？来，我看看打到哪步田地？"

　　孩子受他的抚慰，也就忘了痛苦，安静过来了。现在吵闹的，只剩下外间疾雨的声音。

信仰的哀伤

　　在更阑人静的时候，伦文就要到池边对他心里所立的乐神请求说："我怎能得着天才呢？我的天才缺乏了，我要表现的，也不能尽地表现了！天才可以像油那样，日日添注入我这盏小灯么？若是能，求你为我，注入些少。"

　　"我已经为你注入了。"

　　伦先生听见这句话，便放心回到自己的屋里。他舍不得睡，提起乐器来，一口气就制成一曲。自己奏了又奏，觉得满意，才含着笑，到卧室去。

　　第二天早晨，他还没有盥漱，便又把昨晚上的作品奏过几遍；随即封好，教人邮到歌剧场去。

　　他的作品一发表出来，许多批评随着在报上登载八九天。那些批评都很恭维他：说他是这一派，那一派。可是他又苦起来了！

　　在深夜的时候，他又到池边去，垂头丧气地对着池水，从口中发出颤声说："我所用的音节，不能达我的意思么？呀，

空山灵雨·无法投递之邮件

我的天才丢失了！再给我注入一点吧。"

"我已经为你注入了。"

他屡次求，心中只听得这句回答。每一作品发表出来，所得的批评，每每使他忧郁不乐。最后，他把乐器摔碎了，说："我信我的天才丢了，我不再作曲子了。唉，我所依赖的，枉费你眷顾我了。"

自此以后，社会上再不能享受他的作品，他也不晓得往哪里去了。

暗途

"我的朋友，且等一等，待我为你点着灯，才走。"

吾威听见他的朋友这样说，便笑道："哈哈，均哥，你以我为女人么？女人在夜间走路才要用火；男子，又何必呢？不用张罗，我空手回去吧——省得以后还要给你送灯回来。"

吾威的村庄和均哥所住的地方隔着几重山，路途崎岖得很厉害。若是夜间要走那条路，无论是谁，都得带灯。所以，均哥一定不让他暗中摸索回去。

均哥说："你还是带灯好。这样的天气，又没有一点月影，在山中，难保没有危险。"

吾威说："若想起危险，我就回去不成了。……"

"那么，你今晚上就住在我这里，如何？"

"不，我总得回去，因为我的父亲和妻子都在那边等着我呢。"

"你这个人，太过执拗了。没有灯，怎么去呢？"均哥一面说，一面把点着的灯切切地递给他。他仍是坚辞不受。

空山灵雨·无法投递之邮件

他说："若是你定要叫我带着灯走，那叫我更不敢走。"

"怎么呢？"

"满山都没有光，若是我提着灯走，也不过是照得三两步远；且要累得满山的昆虫都不安。若凑巧遇见长蛇也冲着火光走来，可又怎办呢？再说，这一点的光可以把那照不着的地方越显得危险，越能使我害怕。在半途中，灯一熄灭，那就更不好办了。不如我空着手走，初时虽觉得有些妨碍，不多一会儿，什么都可以在幽暗中辨别一点。"

他说完，就出门。均哥还把灯提在手里，眼看着他向密林中那条小路穿进去，才摇摇头说："天下竟有这样怪人！"

吾威在暗途中走着，耳边虽常听见飞虫、野兽的声音，然而他一点害怕也没有。在蔓草中，时常飞些萤火出来，光虽不大，可也够了。他自己说："这是均哥想不到，也是他所不能为我点的灯。"

那晚上他没有跌倒，也没有遇见毒虫野兽，安然地到他家里。

你为什么不来

在夭桃开透、浓荫欲成的时候，谁不想伴着他心爱的人出去游逛游逛呢？在密云不飞、疾雨如注的时候，谁不愿在深闺中等她心爱的人前来细谈呢？

她闷坐在一张睡椅上，紊乱的心思像窗外的雨点——东抛，西织，来回无定。在有意无意之间，又顺手拿起一把九连环慵懒懒地解着。

丫头进来说："小姐，茶点都预备好了。"

她手里还是慵懒懒地解着，口里却发出似答非答的声："……他为什么还不来？"

除窗外的雨声，和她手中轻微的银环声以外，屋里可算静极了！在这幽静的屋里，忽然从窗外伴着雨声送来几句优美的歌曲：

> 你放声哭，
> 因为我把林中善鸣的鸟笼住么？

空山灵雨·无法投递之邮件

你飞不动，

因为我把空中的雁射杀么？

你不敢进我的门，

因为我家养狗提防客人么？

因为我家养猫捕鼠，

你就不来么？

因为我的灯火没有笼罩，

烧死许多美丽的昆虫

你就不来么？

你不肯来，

因为我有……

　　"有什么呢？"她听到末了这句，那紊乱的心就发出这样的问。她心中接着想：因为我约你，所以你不肯来；还是因为大雨，使你不能来呢？

海

我的朋友说："人的自由和希望，一到海面就完全失掉了！因为我们太不上算，在这无涯浪中无从显出我们有限的能力和意志。"

我说："我们浮在这上面，眼前虽不能十分如意，但后来要遇着的，或者超乎我们的能力和意志之外。所以在一个风狂浪骇的海面上，不能准说我们要到什么地方就可以达到什么地方；我们只能把性命先保持住，随着波涛颠来簸去便了。"

我们坐在一只不如意的救生船里，眼看着载我们到半海就毁坏的大船渐渐沉下去。

我的朋友说："你看，那要载我们到目的地的船快要歇息去了！现在在这茫茫的空海中，我们可没有主意啦。"

幸而同船的人，心忧得很，没有注意听他的话。我把他的手摇了一下说："朋友，这是你纵谈的时候么？你不帮着划桨么？"

"划桨么？这是容易的事。但要划到哪里去呢？"

　　我说："在一切的海里，遇着这样的光景，谁也没有带着主意下来，谁也脱不了在上面泛来泛去。我们尽管划吧。"

梨花

　　她们还在园里玩，也不理会细雨丝丝穿入她们的罗衣。池边梨花的颜色被雨洗得更白净了，但朵朵都懒懒地垂着。

　　姐姐说："你看，花儿都倦得要睡了！"

　　"待我来摇醒它们。"

　　姐姐不及发言，妹妹的手早已抓住树枝摇了几下。花瓣和水珠纷纷地落下来，铺得银片满地，煞是好玩。

　　妹妹说："好玩啊，花瓣一离开树枝，就活动起来了！"

　　"活动什么？你看，花儿的泪都滴在我身上哪。"姐姐说这话时，带着几分怒气，推了妹妹一下。她接着说："我不和你玩了；你自己在这里吧。"

　　妹妹见姐姐走了，直站在树下出神。停了半晌，老妈子走来，牵着她，一面走着，说："你看，你的衣服都湿透了；在阴雨天，每日要换几次衣服，叫人到哪里找太阳给你晒去呢？"

　　落下来的花瓣，有些被她们的鞋印入泥中；有些粘在妹

妹身上，被她带走；有些浮在池面，被鱼儿衔入水里。那多
情的燕子不歇把鞋印上的残瓣和软泥一同衔在口中，到梁间
去，构成它们的香巢。

难解决的问题

　　我叫同伴到钓鱼矶去赏荷，他们都不愿意去，剩我自己走着。我走到清佳堂附近，就坐在山前一块石头上歇息。在瞻顾之间，小山后面一阵唧咕的声音夹着蝉声送到我耳边。

　　谁愿意在优游的天日中故意要找出人家的秘密呢？然而宇宙间的秘密都从无意中得来。所以在那时候，我不离开那里，也不把两耳掩住，任凭那些声浪在耳边荡来荡去。

　　头一听，我便听得："这实是一个难解决的问题。……"

　　既说是难解决，自然要把怎样难的理由说出来。这理由无论是局内、局外人都爱听的。以前的话能否钻入我耳里，且不用说，单是这一句，使我不能不注意。

　　山后的人接下去说："在这三位中，你说要哪一位才合适？……梅说要等我十年；白说要等到我和别人结婚那一天；区说非嫁我不可——她要终身等我。"

　　"那么，你就要区吧。"

　　"但是梅的境况，我很了解。她的苦衷，我应当原谅。她

空山灵雨·无法投递之邮件

能为了我牺牲十年的光阴，从她的境遇看来，无论如何，是很可敬的。设使梅居区的地位，她也能说，要终身等我。"

"那么，梅、区都不要，要白如何？"

"白么？也不过是她的环境使她这样达观。设使她处着梅的景况，她也只能等我十年。"

会话到这里就停了。我的注意只能移到池上，静观那被轻风摇摆的芰荷。呀，叶底那对小鸳鸯正在那里歇午哪！不晓得它们从前也曾解决过方才的问题没有？不上一分钟，后面的声音又来了。

"那么，三个都要如何？"

"笑话，就是没有理性的兽类也不这样办。"

又停了许久。

"不经过那些无用的礼节，各人快活地同过这一辈子不成吗？"

"唔……唔……唔……这是后来的话，且不必提，我们先解决目前的困难吧。我实不肯故意辜负了三位中的一位。我想用拈阄的方法瞎挑一个就得了。"

"这不更是笑话么？人间哪有这么新奇的事！她们三人中谁愿意遵你的命令，这样办呢？"

他们大笑起来。

"我们私下先拈一拈，如何？你权当做白，我自己权当做梅，剩下是区的分。"

他们由严重的密语化为滑稽的谈笑了。我怕他们要闹下坡来，不敢逗留在那里，只得先走。钓鱼矶也没去成。

爱就是刑罚

"这什么时候了，还埋头在案上写什么？快同我到海边去走走吧。"

丈夫尽管写着，没站起来，也没抬头对他妻子行个"注目笑"的礼。妻子跑到身边，要抢掉他手里的笔，他才说："对不起，你自己去吧。船，明天一早就要开，今晚上我得把这几封信赶出来；十点钟还要送到船里的邮箱去。"

"我要人伴着我到海边去。"

"请七姨子陪你去。"

"七妹子说我嫁了，应当和你同行；她和别的同学先去了。我要你同我去。"

"我实在对不起你，今晚不能随你出去。"他们争执了许久，结果还是妻子独自出去。

丈夫低着头忙他的事体，足有四点钟工夫。那时已经十一点了，他没有进去看看那新婚的妻子回来了没有，披起大衣大踏步地出门去。

他回来，还到书房里检点一切，才进入卧房。妻子已先睡了。他们的约法：睡迟的人得亲过先睡者的嘴才许上床。所以这位少年走到床前，依法亲了妻子一下。妻子急用手在唇边来回擦了几下。那意思是表明她不受这个接吻。

　　丈夫不敢上床，呆呆地站在一边。一会，他走到窗前，两手支着下颔，点点的泪滴在窗棂上。他说："我从来没受过这样刑罚！……你的爱，到底在哪里？"

　　"你说爱我，方才为什么又刑罚我，使我孤零？"妻子说完，随即起来，安慰他说，"好人，不要当真，我和你闹着玩哪。爱就是刑罚，我们能免掉么？"

债

　　他一向就住在妻子家里，因为他除妻子以外，没有别的亲戚。妻家的人爱他的聪明，也怜他的伶仃，所以万事都尊重他。

　　他的妻子早已去世，膝下又没有子女。他的生活就是念书、写字，有时还弹弹七弦。他绝不是一个书呆子，因为他常要在书内求理解，不像书呆子只求多念。

　　妻子的家里有很大的花园供他游玩；有许多奴仆听他使令。但他从没有特意到园里游玩；也没有呼唤过一个仆人。

　　在一个阴郁的天气里，人无论在什么地方都不舒服的。岳母叫他到屋里闲谈，不晓得为什么缘故就劝起他来。岳母说："我觉得自从俪儿去世以后，你就比前格外客气。我劝你无须如此，因为外人不知道都要怪我。看你穿成这样，还不如家里的仆人，若有生人来到，叫我怎样过得去？倘或有人欺负你，说你这长那短，尽可以告诉我，我责罚他给你看。"

　　"我哪里懂得客气？不过我只觉得我欠的债太多，不好意

空山灵雨 · 无法投递之邮件

思多要什么。"

"什么债？有人问你算账么？唉，你太过见外了！我看你和自己的子侄一样。你短了什么，尽管问管家的要去；若有人敢说闲话，我定不饶他。"

"我所欠的是一切的债。我看见许多贫乏人、愁苦人，就如该了他们无量数的债一般。我有好的衣食，总想先偿还他们。世间若有一个人吃不饱足，穿不暖和，住不舒服，我也不敢公然独享这具足的生活。"

"你说得太玄了！"她说过这话，停了半晌才接着点头说，"很好，这才是读书人'先天下之忧而忧'的精神。……然而你要什么时候才还得清呢？你有清还的计划没有？"

"唔……唔……"他心里从来没有想到这个，所以不能回答。

"好孩子，这样的债，自来就没有人能还得清，你何必自寻苦恼？我想，你还是做一个小小的债主吧。说到具足生活，也是没有涯岸的：我们今日所谓具足，焉知不是明日的缺陷？你多念一点书就知道生命即是缺陷的苗圃，是烦恼的秧田；若要补修缺陷，拔除烦恼，除弃绝生命外，没有别条道路。然而，我们哪能办得到？个个人都那么怕死！你不要做这种非非想，还是顺着境遇做人去吧。"

"时间……计划……做人……"这几个字从岳母口里发出，他的耳鼓就如受了极猛烈的椎击。他想来想去，已想昏了。他为解决这事，好几天没有出来。

那天早晨，女佣端粥到他房里，没见他，心中非常疑惑。因为早晨，他没有什么地方可去：海边呢，他是不轻易到的。

花园呢，他更不愿意在早晨去。因为丫头们都在那个时候到园里争摘好花去献给她们几位姑娘。他最怕见的是人家毁坏现成的东西。

女佣四围一望，蓦地看见一封信被留针刺在门上。她忙取下来，给别人一看，原来是给老夫人的。

她把信拆开，递给老夫人。上面写着：

亲爱的岳母：

你问我的话，叫我实在想不出好回答。而且，因你这一问，使我越发觉得我所负的债更重。我想做人若不能还债，就得避债，决不能叫债主把他揪住，使他受苦。若论还债，依我的力量、才能，是不济事的。我得出去找几个帮忙的人。如果不能找着，再想法子。现在我去了，多谢你栽培我这么些年。我的前途，望你记念；我的往事，愿你忘却。我也要时时祝你平安。

婿容融留字

老夫人念完这信，就非常愁闷。以后，每想起她的女婿，便好几天不高兴。但不高兴尽管不高兴，女婿至终没有回来。

空山灵雨·无法投递之邮件

暾将出兮东方

在山中住，总要起得早，因为似醒非醒地眠着，是山中各样的朋友所憎恶的。破晓起来，不但可以静观彩云的变幻；细听鸟语的婉转；有时还从山巅、树表、溪影、村容之中给我们许多可说不可说的愉快。

我们住在山压檐牙阁里，有一次，在曙光初透的时候，大家还在床上眠着，耳边恍惚听见一队童男女的歌声，唱道：

> 榻上人，应觉悟！
> 晓鸡频催三两度。
> 君不见——
> "暾将出兮东方"，
> 微光已透前村树？
> 榻上人，应觉悟！

往后又跟着一节和歌：

暾将出兮东方！

　　暾将出兮东方！

　　会见新曦被四表，

　　使我乐兮无央。

　　那歌声还接着往下唱，可惜离远了，不能听得明白。

　　啸虚对我说："这不是十年前你在学校里教孩子唱的么？怎么会跑到这里唱起来？"

　　我说："我也很诧异，因为这首歌，连我自己也早已忘了。"

　　"你的暮气满面，当然会把这歌忘掉。我看你现在要用赞美光明的声音去赞美黑暗哪。"

　　我说："不然，不然。你何尝了解我？本来，黑暗是不足诅咒，光明是毋须赞美的。光明不能增益你什么，黑暗不能妨害你什么，你以何因缘而生出差别心来？若说要赞美的话：在早晨就该赞美早晨；在日中就该赞美日中；在黄昏就该赞美黄昏；在长夜就该赞美长夜；在过去、现在、将来一切时间，就该赞美过去、现在、将来一切时间，说到诅咒，亦复如是。"

　　那时，朝曦已射在我们脸上，我们立即起来，计划那日的游程。

z

空山灵雨·无法投递之邮件

· 41 ·

鬼赞

你们曾否在凄凉的月夜听过鬼赞？有一次，我独自在空山里走，除远处寒潭的鱼跃出水声略可听见以外，其余种种，都被月下的冷露幽闭住。我的衣服极其润湿，我两腿也走乏了。正要转回家中，不晓得怎样就经过一区死人的聚落。我因疲极，才坐在一个祭坛上少息。在那里，看见一群幽魂高矮不齐，从各坟墓里出来。他们仿佛没有看见我，都向着我所坐的地方走来。

他们从这墓走过那墓，一排排地走着，前头唱一句，后面应一句，和举行什么巡礼一样。我也不觉得害怕，但静静地坐在一旁，听他们的唱和。

第一排唱："最有福的是谁？"

往下各排挨着次序应。

"是那曾用过视官，而今不能辨明暗的。"

"是那曾用过听官，而今不能辨声音的。"

"是那曾用过嗅官，而今不能辨香味的。"

"是那曾用过味官，而今不能辨苦甘的。"

"是那曾用过触官，而今不能辨粗细、冷暖的。"

各排应完，全体都唱："那弃绝一切感官的有福了！我们的骷髅有福了！"

第一排的幽魂又唱："我们的骷髅是该赞美的。我们要赞美我们的骷髅。"

领首的唱完，还是挨着次序一排排地应下去：

"我们赞美你，因为你哭的时候，再不流眼泪。"

"我们赞美你，因为你发怒的时候，再不发出紧急的气息。"

"我们赞美你，因为你悲哀的时候再不皱眉。"

"我们赞美你，因为你微笑的时候，再没有嘴唇遮住你的牙齿。"

"我们赞美你，因为你听见赞美的时候再没有血液在你的脉里颤动。"

"我们赞美你，因为你不肯受时间的播弄。"

全体又唱："那弃绝一切感官的有福了！我们的骷髅有福了！"

他们把手举起来一同唱：

"人哪，你在当生、来生的时候，有泪就得尽量流；有声就得尽量唱；有苦就得尽量尝；有情就得尽量施；有欲就得尽量取；有事就得尽量成就。等到你疲劳、等到你歇息的时候，你就有福了！"

他们诵完这段，就各自分散。一时，山中睡不熟的云直望下压，远地的丘陵都给埋没了。我险些儿也迷了路途，幸而有断断续续的鱼跃出水声从寒潭那边传来，使我稍微认得归路。

万物之母

在这经过离乱的村里，荒屋破篱之间，每日只有几缕零零落落的炊烟冒上来；那人口的稀少可想而知。你一进到无论哪个村里，最喜欢遇见的，是不是村童在阡陌间或园圃中跳来跳去；或走在你前头，或随着你步后模仿你的行动？村里若没有孩子们，就不成村落了。在这经过离乱的村里，不但没有孩子，而且有（人）向你要求孩子！

这里住着一个不满三十岁的寡妇，一见人来，便要求，说："善心善行的人，求你对那位总爷说，把我的儿子给回。那穿虎纹衣服、戴虎儿帽的便是我的儿子。"

她的儿子被乱兵杀死已经多年了。她从不会忘记：总爷把无情的剑拔出来的时候，那穿虎纹衣服的可怜儿还用双手招着，要她搂抱。她要跑去接的时候，她的精神已和黄昏的霞光一同麻痹而熟睡了。唉，最惨的事岂不是人把寡妇怀里的独生子夺过去，且在她面前害死吗？要她在醒后把这事完全藏在她记忆的多宝箱里，可以说，比剖芥子来藏须弥还难。

她的屋里排列了许多零碎的东西，当时她儿子玩过的小团也在其中。在黄昏时候，她每把各样东西抱在怀里说："我的儿，母亲岂有不救你，不保护你的？你现在在我怀里咧。不要做声，看一会人来又把你夺去。"可是一过了黄昏，她就立刻醒悟过来，知道那所抱的不是她的儿子。

那天，她又出来找她的"命"。月的光明蒙着她，使她在不知不觉间进入村后的山里。那座山，就是白天也少有人敢进去，何况在盛夏的夜间，杂草把樵人的小径封得那么严！她一点也不害怕，攀着小树，缘着茑萝，慢慢地上去。

她坐在一块大石上歇息，无意中给她听见了一两声的儿啼。她不及判别，便说："我的儿，你藏在这里么？我来了，不要哭啦。"

她从大石下来，随着声音的来处，爬入石下一个洞里。但是里面一点东西也没有。她很疲乏，不能再爬出来，就在洞里睡了一夜。

第二天早晨，她醒时，心神还是非常恍惚。她坐在石上，耳边还留着昨晚上的儿啼声。这当然更要动她的心，所以那方从霭云被里钻出来的朝阳无力把她脸上和鼻端的珠露晒干了。她在瞻顾中，才看出对面山岩上坐着一个穿虎纹衣服的孩子。可是她看错了！那边坐着的，是一只虎子；它的声音从那边送来很像儿啼。她立即离开所坐的地方，不管当中所隔的谷有多么深，尽管攀缘着，向那边去。不幸早露未干，所依附的都很湿滑，一失手，就把她溜到谷底。

她昏了许久才醒回来。小伤总免不了，却还能够走动。她爬着，看见身边暴露了一副小骷髅。

"我的儿，你方才不是还在山上哭着么？怎么你母亲来得迟一点，你就变成这样？"她把骷髅抱住，说，"呀，我的苦命儿，我怎能把你医治呢？"悲苦尽管悲苦，然而，自她丢了孩子以后，不能不算这是她第一次的安慰。

从早晨直到黄昏，她就坐在那里，不但不觉得饿，连水也没喝过。零星几点，已悬在天空，那天就在她的安慰中过去了。

她忽想起幼年时代，人家告诉她的神话，就立起来说："我的儿，我抱你上山顶，先为你摘两颗星星下来，嵌入你的眼眶，叫你看得见；然后给你找香像的皮肉来补你的身体。可是你不要再哭，恐怕给人听见，又把你夺过去。"

"敬姑，敬姑。"找她的人们在满山中这样叫了好几声，也没有一点影响。

"也许她被那只老虎吃了。"

"不，不对。前晚那只老虎是跑下来捕云哥圈里的牛犊被打死的。如果那东西把敬姑吃了，绝不再下山来赴死。我们再进深一点找吧。"

唉，他们的工夫白费了！

纵然找着她，若是她还没有把星星抓在手里，她心里怎能平安，怎肯随着他们回来？

春的林野

　　春光在万山环抱里，更是泄漏得迟。那里的桃花还是开着；漫游的薄云从这峰飞过那峰，有时稍停一会，为的是挡住太阳，叫地面的花草在它的荫下避避光焰的威吓。

　　岩下的荫处和山溪的旁边满长了薇蕨和其他凤尾草。红、黄、蓝、紫的小草花点缀在绿茵上头。

　　天中的云雀，林中的金莺，都鼓起它们的舌簧。轻风把它们的声音挤成一片，分送给山中各样有耳无耳的生物。桃花听得入神，禁不住落了几点粉泪，一片一片凝在地上。小草花听得大醉，也和着声音的节拍一会倒，一会起，没有镇定的时候。

　　林下一班孩子正在那里捡桃花的落瓣哪。他们捡着，清儿忽嚷起来，道："嗄，爸爸来了！"众孩子住了手，都向桃林的尽头盼望。果然爸爸也在那里摘草花。

　　清儿道："我们今天可要试试阿桐的本领了。若是他能办得到，我们都把花瓣穿成一串璎珞围在他身上，封他为大哥如何？"

众人都答应了。

阿桐走到邕邕面前，道："我们正等着你来呢。"

阿桐的左手盘在邕邕底脖上，一面走一面说："今天他们要替你办嫁妆，教你做我的妻子。你能做我的妻子么？"

邕邕狠视了阿桐一下，回头用手推开他，不许他的手再搭在自己脖上。孩子们都笑得支持不住了。

众孩子嚷道："我们见过邕邕用手推人了！阿桐赢了！"

邕邕从来不会拒绝人，阿桐怎能知道一说那话，就能使她动手呢？是春光的荡漾，把他这种心思泛出来呢？或者，天地之心就是这样呢？

你且看：漫游的薄云还是从这峰飞过那峰。

你且听：云雀和金莺的歌声还布满了空中和林中。

在这万山环抱的桃林中，除那班爱闹的孩子以外，万物把春光领略得心眼都迷蒙了。

花香雾气中的梦

在覆茅涂泥的山居里，那阻不住的花香和雾气从疏帘窜进来，直扑到一对梦人身上。妻子把丈夫摇醒，说："快起吧，我们的被褥快湿透了。怪不得我总觉得冷，原来太阳被囚在浓雾的监狱里不能出来。"

那梦中的男子，心里自有他的温暖，身外的冷与不冷他毫不介意。他没有睁开眼睛便说："哎呀，好香！许是你桌上的素馨露洒了吧？"

"哪里？你还在梦中哪。你且睁眼看帘外的光景。"

他果然揉了眼睛，拥着被坐起来，对妻子说："怪不得我净梦见一群女子在微雨中游戏。若是你不叫醒我，我还要往下梦哪。"

妻子也拥着她的绒被坐起来说："我也有梦。"

"快说给我听。"

"我梦见把你丢了。我自己一人在这山中到处找寻你，怎么也找不着。我越过山后，只见一个美丽的女郎挽着一篮珠

子向各树的花叶上头乱撒。我上前去向她问你的下落，她笑着问我：'他是谁，找他干什么？'我当然回答，他是我的丈夫——"

"原来你在梦中也记得他！"他笑着说这话，那双眼睛还显出很滑稽的样子。

妻子不喜欢了。她转过脸背着丈夫说："你说什么话！你老是要挑剔人家的话语，我不往下说了。"她推开绒被，随即呼唤丫头预备脸水。

丈夫速把她揪住，央求说："好人，我再不敢了。你往下说吧。以后若再饶舌，情愿挨罚。"

"谁稀罕罚你？"妻子把这次的和平画押了。她往下说，"那女人对我说，你在山前柚花林里藏着。我那时又像把你忘了。……"

"哦，你又……不，我应许过不再说什么的；不然，我就要挨罚了。你到底找着我没有？"

"我没有向前走，只站在一边看她撒珠子。说来也很奇怪：那些珠子粘在各花叶上都变成五彩的零露，连我的身体也沾满了。我忍不住，就问那女郎。女郎说：东西还是一样，没有变化，因为你的心思前后不同，所以觉得变了。你认为珠子，是在我撒手之前，因为你想我这篮子决不能盛得露水。你认为露珠时，在我撒手之后，因为你想那些花叶不能留住珠子。我告诉你：你所认的不在东西，乃在使用东西的人和时间；你所爱的，不在体质，乃在体质所表的情。你怎样爱月呢？是爱那悬在空中已经老死的暗球么？你怎样爱雪呢？是爱它那种砭人肌骨的凛冽么？"

“她一说到雪，我打了一个寒噤，便醒起来了。”

丈夫说：“到底没有找着我。”

妻子一把抓住他的头发，笑说：“这不是找着了吗？……我说，这梦怎样？”

“凡你所梦都是好的。那女郎的话也是不错。我们最愉快的时候岂不是在接吻后，彼此的凝视吗？”他向妻子痴笑，妻子把绒被拿起来，盖在他头上，说：“恶鬼！这会儿可不让你有第二次的凝视了。”

荼蘼

　　我常得着男子送给我的东西，总没有当他们做宝贝看。我的朋友师松却不如此，因为她从不曾受过男子的赠予。

　　自鸣钟敲过四下以后，山上礼拜寺的聚会就完了。男男女女像出圈的羊，急要下到山坡觅食一般。那边有一个男学生跟着我们走，他的正名字我忘记了。我只记得人家都叫他做"宗之"。他手里拿着一枝荼蘼，且行且嗅。荼蘼本不是香花，他嗅着，不过是一种无聊举动便了。

　　"松姑娘，这枝荼蘼送给你。"他在我们后面嚷着。松姑娘回头看见他满脸堆着笑容递着那花，就速速伸手去接。她接着说："很多谢，很多谢。"宗之只笑着点点头，随即从西边的山径转回家去。

　　"他给我这个，是什么意思？"

　　"你想他有什么意思，他就有什么意思。"我这样回答她。走不多远，我们也分途各自家去了。

　　她自下午到晚上不歇把弄那枝荼蘼。那花像有极大的魔力，不让她撒手一样。她要放下时，每觉得花儿对她说："为什么离夺我？我不是从宗之手里递给你，交你照管的吗？"

呀，宗之的眼、鼻、口、齿、手、足、动作，没有一件不在花心跳跃着，没有一件不在她眼前的花枝显现出来！她心里说："你这美男子，为甚缘故送给我这花儿？"她又想起那天经坛上的讲章，就自己回答说："因为他顾念他使女的卑微，从今而后，万代要称我为有福。"

这是她爱荼蘼花，还是宗之爱她呢？我也说不清，只记得有一天我和宗之正坐在榕树根谈话的时候，他家的人跑来对他说："松姑娘吃了一朵什么花，说是你给她的，现在病了。她家的人要找你去问话咧。"

他吓了一跳，也摸不着头脑，只说："我哪时节给她东西吃？这真是……"

我说："你细想一想。"他怎么也想不起来。我才提醒他说："你前个月在斜道上不是给了她一朵荼蘼吗？"

"对呀，可不是给了她一朵荼蘼！可是我哪里叫她吃了呢？"

"为什么你单给她，不给别人？"我这样问他。

他很直接地说："我并没有什么意思，不过随手摘下，随手送给别人就是了。我平素送了许多东西给人，也没有什么事；怎么一朵小小的荼蘼就可使她着了魔？"

他还坐在那里沉吟，我便促他说："你还能在这里坐着么？不管她是误会，你是有意，你既然给了她，现在就得去看她一看才是。"

"我哪有什么意思？"

我说："你且去看看吧。蚌蛤何尝立志要生珠子呢？也不过是外间的沙粒偶然渗入它的壳里，他就不得不用尽工夫分泌些黏液把那小沙裹起来罢了。你虽无心，可是你的花一到她手里，管保她不因花而爱起你来吗？你敢保她不把那花当做你所赐给爱的标识，就纳入她的怀中，用心里无限的情思把它围绕得非常严密吗？也许她本无心，但因你那美意的沙无意中掉在她爱的贝壳里，使她不得不如此。不用踌躇了，且去看看吧。"

宗之这才站起来，皱一皱他那副冷静的脸庞，跟着来人从林菁的深处走出去了。

七宝池上的乡思

弥陀说："极乐世界的池上，
何来凄切的泣声？
迦陵频迦，你下去看看
是谁这样猖狂。"
于是迦陵频迦鼓着翅膀，
飞到池边一棵宝树上，
还歇在那里，引颈下望：
"咦，佛子，你岂忘了这里是天堂？
你岂不爱这里的宝林成行？
树上的花花相对，
叶叶相当？
你岂不闻这里有等等妙音充耳；
岂不见这里有等等庄严宝相？
住这样具足的乐土，
为何尽自悲伤？"

坐在宝莲上的少妇还自啜泣，合掌回答说：
"大士，这里是你的家乡，
在你，当然不觉得有何等苦况。
我的故土是在人间，
怎能叫我不哭着想？
"我要来的时候，
我全身都冷却了；
但我的夫君，还用他温暖的手将我搂抱；
用他融溶的泪滴在我额头。

"我要来的时候，
我全身都挺直了；
但我的夫君，还把我的四肢来回曲挠。

"我要来的时候，
我全身的颜色，已变得直如死灰；
但我的夫君还用指头压我的两颊，
看看从前的粉红色能否复回。

"现在我整天坐在这里，
不时听见他的悲啼。
唉，我额上的泪痕，
我臂上的暖气，
我脸上的颜色，
我全身的关节，

都因着我夫君的声音，
烧起来，溶起来了！
我指望来这里享受快乐，
现在反憔悴了！

"呀，我要回去，
我要回去
我要回去止住他的悲啼。
我巴不得现在就回去止住他的悲啼。"
迦陵频迦说：
"你且静一静，
我为你吹起天笙，
把你心中愁闷的垒块平一平；
且化你耳边的悲啼为欢声。
你且静一静，
我为你吹这天笙。"

"你的声不能变为爱的喷泉，
不能灭我身上一切爱痕的烈焰；
也不能变为忘的深渊，
使他将一切情愫投入里头，
不再将人惦念。
我还得回去和他相见，
去解他的眷恋。"

"呵，你这样有情，

谁还能对你劝说

向你拦禁？

回去吧，须记得这就是轮回因。"

弥陀说："善哉，迦陵！

你乃能为她说这大因缘！

纵然碎世界为微尘，

这微尘中也住着无量有情。

所以世界不尽，有情不尽；

有情不尽，轮回不尽；

轮回不尽，济度不尽：

济度不尽，乐土乃能显现不尽。"

话说完，莲瓣渐把少妇裹起来，再合成一朵菡萏低垂着。

微风一吹，他茌弱得支持不住，便坠入池里。

迦陵频迦好像记不得这事，在那花花相对、叶叶相当的

林中，向着别的有情歌唱去了。

银翎的使命

　　黄先生约我到狮子山麓阴湿的地方去找捕蝇草。那时刚过梅雨之期，远地青山还被烟霞蒸着，唯有几朵山花在我们眼前淡定地看那在溪涧里逆行的鱼儿喋着他们的残瓣。

　　我们沿着溪涧走。正在找寻的时候，就看见一朵大白花从上游顺流而下。我说："这时候，哪有偌大的白荷花流着呢？"

　　我的朋友说："你这近视鬼！你准看出那是白荷花么？我看那是……"

　　说时迟，那时快，那白的东西已经流到我们跟前。黄先生急把采集网拦住水面；那时，我才看出是一只鸽子。他从网里把那死的飞禽取出来，诧异说："是谁那么不仔细，把人家的传书鸽打死了！"他说时，从鸽翼下取出一封长的小信来，那信已被水浸透了；我们慢慢把它展开，披在一块石上。

　　"我们先看看这是从哪里来，要寄到哪里去的，然后给他寄去，如何？"我一面说，一面看着。但那上头不但地址没

空山灵雨·无法投递之邮件

有，甚至上下的款识也没有。

黄先生说："我们先看看里头写的是什么，不必讲私德了。"

我笑着说："是，没有名字的信就是公的；所以我们也可以披阅一遍。"

于是我们一同念着：

你叫昆儿带银翎、翠翼来，吩咐我，若是他们空着回去，就是我还平安的意思。我恐怕他知道，把这两只小宝贝寄在霞妹那里；谁知道前天她开笼搁饲料的时候，不提防把翠翼放走了！

嗳，爱者，你看翠翼没有带信回去，定然很安心，以为我还平安无事。我也很盼望你常想着我的精神和去年一样。不过现在不能不对你说的，就是过几天人就要把我接去了！我不得不叫你速速来和他计较。你一来，什么事都好办了。因为他怕的是你和他讲理。

嗳，爱者，你见信以后，必得前来，不然，就见我不着；以后只能在累累荒冢中读我的名字了，这不是我不等你，时间不让我等你哟！

我盼望银翎平平安安地带着他的使命回去。

我们念完，黄先生道："这是怎么一回事？"

"谁能猜呢？反正是不幸的事罢了。现在要紧的，就是怎样处置这封信。我想把他贴在树上，也许有知道这事的人经过这里，可以把它带去。"我摇着头，且轻轻地把信揭起。

黄先生说："不如拿到村里去打听一下，或者容易找出一点线索。"

我们商量之下，就另抄一张起来，仍把原信系在鸽翼底下。黄先生用采掘锹子在溪边挖了一个小坑，把鸽子葬在里头。回头为他立了一座小碑，且从水中淘出几块美丽的小石压在墓上。那墓就在山花盛开的地方，我一翻身，就把些花瓣摇下来，也落在这使者的墓上。

美的牢狱

嫵求正在镜台边理她的晨妆，见她的丈夫从远地回来，就把头拢住，问道："我所需要的你都给带回来了没有？"

"对不起！你虽是一个建筑师，或泥水匠，能为你自己建筑一座'美的牢狱'；我却不是一个转运者，不能为你搬运等等材料。"

"你念书不是念得越糊涂，便是越高深了！怎么你的话，我一点也听不懂？"

丈夫含笑说："不懂么？我知道你开口爱美，闭口爱美，多方地要求我给你带等等装饰回来；我想那些东西都围绕在你的体外，合起来，岂不是成为一座监禁你的牢狱吗？"

她静默了许久，也不做声。她的丈夫往下说："妻呀，我想你还不明白我的意思。我想所有美丽的东西，只能让它们散布在各处，我们只能在它们的出处爱它们；若是把它们聚拢起来，搁在一处，或在身上，那就不美了。……"

她睁着那双柔媚的眼，摇着头说："你说得不对。你说得不对。若不剖蚌，怎能得着珠玑呢？若不开山，怎能得着金刚、玉石、玛瑙等宝物呢？而且那些东西，本来不美，必得人把它们琢磨出来，加以装饰，才能显得美丽咧。若说我要装饰，就是建筑一所美的牢狱，且把自己监在里头，且问谁不被监在这种牢狱里头呢？如果世间真有美的牢狱，像你所说，那么，我们不过是造成那牢狱的一沙一石罢了。"

"我的意思就是听其自然，连这一沙一石也无须留存。孔雀何为自己修饰羽毛呢？芰荷何尝把他的花染红了呢？"

"所以说他们没有美感！我告诉你，你自己也早已把你的牢狱建筑好了。"

"胡说！我何曾？"

"你心中不是有许多好的想象，不是要照你的好理想去行事么？你所有的，是不是从古人曾经建筑过的牢狱里拣出其中的残片？或是在自己的世界取出来的材料呢？自然要加上一点人为才能有意思。若是我的形状和荒古时候的人一样，你还爱我吗？我准敢说，你若不好好地住在你的牢狱里头，且不时时把牢狱的墙垣垒得高高的，我也不能爱你。"

刚愎的男子，你何尝佩服女子的话？你不过会说："就是你会说话！等我思想一会儿，再与你决战。"

空山灵雨·无法投递之邮件

补破衣的老妇人

她坐在檐前，微微的雨丝飘摇下来，多半聚在她脸庞的皱纹上头。她一点也不理会，尽管收拾她的筐子。

在她的筐子里有很美丽的零剪绸缎，也有很粗陋的麻头、布尾。她从没有理会雨丝在她头、面、身体之上乱扑；只提防着筐里那些好看的材料沾湿了。

那边来了两个小弟兄。也许他们是学校回来。小弟弟管她叫作"衣服的外科医生"；现在见她坐在檐前，就叫了一声。

她抬起头来，望着这两个孩子笑了一笑。那脸上的皱纹虽皱得更厉害，然而生的痛苦可以从那里挤出许多，更能表明她是一个乐享天年的老婆子。

小弟弟说："医生，你只用筐里的材料在别人的衣服上，怎么自己的衣服却不管了？你看你肩脖补的那一块又该掉下来了。"

老婆子摩一摩自己的肩脖，果然随手取下一块小方布来。她笑着对小弟弟说："你的眼睛实在精明！我这块原没有用线缝住；因为早晨忙着要出来，只用浆子暂时糊着，盼望晚上回去弥补；不提防雨丝替我揭起来了！……这揭得也不错。我，既如你所说，是一个衣服的外科医生，那么，我是不怕自己的衣服害病的。"

她仍是整理筐里的零剪绸缎，没理会雨丝零落在她身上。

哥哥说："我看爸爸的手册里夹着许多零剪文件；他也是像你一样：不时地翻来翻去。他……"

弟弟插嘴说："他也是另一样的外科医生。"

老婆子把眼光射在他们身上，说："哥儿们，你们说得对了。你们的爸爸爱惜小册里的零碎文件，也和我爱惜筐里的零剪绸缎一般。他凑合多少地方的好意思，等用得着时，就把他们编连起来，成为一种新的理解。所不同的，就是他用的是头脑，我用的只是指头便了。你们叫他做……"

说到这里，父亲从里面出来，问起事由，便点头说："老婆子，你的话很中肯要。我们所为，原就和你一样，东搜西罗，无非是些绸头、布尾，只配用来补补破衲袄罢了。"

父亲说完，就下了石阶，要在微雨中到葡萄园里，看看他的葡萄长芽了没有。这里孩子们还和老婆子争论着要他们的爸爸做什么样医生。

空山灵雨·无法投递之邮件

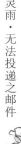

光的死

　　光离开他的母亲去到无量无边，一切生命的世界上。因为他走的时候脸上常带着很忧郁的容貌，所以一切能思维、能造作的灵体也和他表同情；一见他，都低着头容他走过去；甚至带着泪眼避开他。

　　光因此更烦闷了。他走得越远，力量越不足；最后，他躺下了。他躺下的地方，正在这块大地。在他旁边有几位聪明的天文家互相议论说："太阳的光，快要无所附丽了，因为他冷死的时期一天近似一天了。"

　　光垂着头，低声诉说："唉，诸大智者，你们为何净在我母亲和我身上担忧？你们岂不明白我是为饶益你们而来么？你们从没有（在）我面前做过我曾为你们做的事。你们没有接纳我，也没有……

　　他母亲在很远的地方，见他躺在那里叹息，就叫他回去说："我的命儿，我所爱的，你回来吧。我一天一天任你自由地离开我，原是为众生的益处；他们既不承受，你何妨回来？"

光回答说："母亲，我不能回去了。因为我走遍了一切世界，遇见一切能思维、能造作的灵体，到现在还没有一句话能够对你回报。不但如此，这里还有人正咒诅我们哪！我哪有面目回去呢？我就安息在这里吧。"

他的母亲听见这话，一种幽沉的颜色早已现在脸上。他从地上慢慢走到海边，带着自己的身体、威力，一分一厘地浸入水里。

母亲也跟着晕过去了。

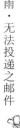

再会

　　靠窗棂坐着那位老人家是一位航海者，刚从海外归来的。他和萧老太太是少年时代的朋友，彼此虽别离了那么些年，然而他们会面时，直像忘了当中经过的日子。现在他们正谈起少年时代的旧话。

　　"蔚明哥，你不是二十岁的时候出海的么？"她屈着自己的指头，数了一数，才用那双被阅历染浊了的眼睛看着她的朋友说，"呀，四十五年就像我现在数着指头一样地过去了！"

　　老人家把手捋一捋胡子，很得意地说："可不是！……记得我到你家辞行那一天，你正在园里饲你那只小鹿；我站在你身边一棵正开着花的枇杷树下，花香和你头上的油香杂窜入我的鼻中。当时，我的别绪也不晓得要从哪里说起；但你只低头抚着小鹿。我想你那时也不能多说什么，你竟然先问一句：'要等到什么时候我们再能相见呢'？我就慢答道：'毋须多少时候。'那时，你……"

　　老太太接着说："那时候的光景我也记得很清楚。当你说这句的时候,我不是说'要等再相见时,除非是黑墨有洗得白的时节'。哈哈!你去时,那缕漆黑的头发现在岂不是已被海水洗白了么?"

老人家摸摸自己的头顶,说:"对啦!这也算应验哪!可惜我总不(见)着芳哥,他过去多少年了?"

"唉,久了!你看我已经抱过四个孙儿了。"她说时,看着窗外几个孩子在瓜棚下玩,就指着那最高的孩子说,"你看鼎儿已经十二岁了,他公公就在他满月后去世的。"

他们谈话时,丫头端了一盘牡蛎煎饼来。老太太举手嚷着蔚明哥说:"我定知道你的嗜好还没有改变,所以特地为你做这东西。""你记得我们少时,你母亲有一天做这样的饼给我们吃。你拿一块,吃完了才嫌饼里的牡蛎少,助料也不如我的多,闹着要把我的饼抢去。当时,你母亲说了一句话,叫我常常忆起,就是'好孩子,算了吧。助料都是搁在一起渗匀的。做的时候,谁有工夫把分量细细去分配呢?这自然是免不了有些多,有些少的;只要饼的气味好就够了。你所吃的原不定就是为你做的,可是你已经吃过,就不能再要了。'蔚明哥,你说末了这话多么感动我呢!拿这个来比我们的境遇罢:境遇虽然一个一个排列在面前,容我们有机会选择,有人选得好,有人选得歹,可是选定以后,就不能再选了。"

老人家拿起饼来吃,慢慢地说:"对啦!你看我这一生净在海面生活,生活极其简单,不像你这么繁复,然而我还是像当时吃那饼一样——也就饱了。"

"我想我老是多得便宜。我的'境遇的饼'虽然多一些助料,也许好吃一些,但是我的饱足是和你一样的。"

谈旧事是多么开心的事！看这光景，他们像要把少年时代的事迹一一回溯一遍似的。但外面的孩子们不晓得因什么事闹起来，老太太先出去做判官；这里留着一位矍铄的航海者，静静地坐着吃他的饼。

桥边

　　我们住的地方就在桃溪溪畔。夹岸遍是桃林：桃实、桃叶映入水中，更显出溪边的静谧。真想不到仓皇出走的人还能享受这明媚的景色！我们日日在林下游玩；有时踱过溪桥，到朋友的蔗园里找新生的甘蔗吃。

　　这一天，我们又要到蔗园去，刚踱过桥，便见阿芳——蔗园的小主人——很忧郁地坐在桥下。

　　"阿芳哥，起来领我们到你园里去。"他举起头来，望了我们一眼，也没有说什么。

　　我哥哥说："阿芳，你不是说你一到水边就把一切的烦闷都洗掉了吗？你不是说，你是水边的蜻蜓么？你看歇在水荭花上那只蜻蜓比你怎样？"

　　"不错。然而今天就是我第一次的忧闷。"

　　我们都下到岸边，围绕住他，要打听这回事。他说："方才红儿掉在水里了！"红儿是他的腹婚妻，天天都和他在一块儿玩的。我们听了他这话，都惊讶得很。哥哥说："那么，你还能在这里闷坐着吗？还不赶紧去叫人来？"

"我一回去，我妈心里的忧郁怕也要一颗一颗地结出来，像桃实一样了。我宁可独自在此忧伤，不忍使我妈妈知道。"

我的哥哥不等说完，一股气就跑到红儿家里。这里阿芳还在皱着眉头，我也眼巴巴地望着他，一声也不响。

"谁掉在水里啦？"

我一听，是红儿的声音，速回头一望，果然哥哥携着红儿来了！她笑眯眯地走到芳哥跟前，芳哥像很惊讶地望着她。很久，他才出声说："你的话不灵了么？方才我贪着要到水边看看我的影儿，把它搁在树丫上，不留神轻风一摇，把他摇落水里。他随着流水往下流去；我回头要抱他，他已不在了。"

红儿才知道掉在水里的是她所赠与的小团。她曾对阿芳说那小团也叫红儿，若是把他丢了，便是丢了她。所以芳哥这么谨慎看护着。

芳哥实在以红儿所说的话是千真万真的，看今天的光景，可就叫他怀疑了。他说："哦，你的话也是不准的！我这时才知道丢了你的东西不算丢了你，真把你丢了才算。"

我哥哥对红儿说："无意的话倒能叫人深信，芳哥对你信念，头一次就在无意中给你打破了。"

红儿也不着急，只优游地说："信念算什么？要真相知才有用哪。……也好，我借着这个就知道他了。我们还是到蔗园去吧。"

我们一同到蔗园去，芳哥方才的忧郁也和糖汁一同吞下去了。

头发

　　这村里的大道今天忽然点缀了许多好看的树叶，一直达到村外的麻栗林边。村里的人，男男女女都穿得很整齐，像举行什么大节期一样，但六月间没有重要的节期，婚礼也用不着这么张罗，到底是为甚事？

　　那边的男子们都唱着他们的歌，女子也都和着。我只静静地站在一边看。

　　一队兵押着一个壮年的比丘从大道那头进前。村里的人见他来了，歌唱得更大声。妇人们都把头发披下来，争着跪在道旁，把头发铺在道中，从远一望，直像整匹的黑练摊在那里。那位比丘从容地从众女人的头发上走过，后面的男子们都嚷着："可赞美的孔雀旗呀！"

　　他们这一嚷，就把我提醒了。这不是倡自治的孟法师入狱的日子吗？我心里这样猜，赶到他离村里的大道远了，才转过篱笆的西边。刚一拐弯，便遇着一个少女摸着自己的头发，很懊恼地站在那里。我问她说："小姑娘，你站在此地，为你们的大师伤心么？"

"固然。但是我还咒诅我的头发为什么偏生短了，不能摊在地上，叫大师脚下的尘土留下些少在上头。你说今日村里的众女子，哪一个不比我荣幸呢？"

"这有什么荣幸？若你有心恭敬你的国土和你的大师就够了。"

"咦！静藏在心里的恭敬是不够的。"

"那么，等他出狱的时候，你的头发就够长了。"

女孩子听了非常喜欢，至于跳起来说："得先生这一祝福，我的头发在那时定能比别人长些。多谢了！"

她跳着从篱笆对面的流连子园去了。我从西边一直走，到那麻栗林边。那里的土很湿，大师的脚印和兵士的鞋印在上头印得很分明。

疲倦的母亲

那边一个孩子靠近车窗坐着，远山，近水，一幅一幅，次第嵌入窗户，射到他的眼中。他手画着，口中还咿咿呀呀地，唱些没字曲。

在他身边坐着一个中年妇人，去（支）着头瞌睡。孩子转过脸来，摇了她几下，说："妈妈，你看看，外面那座山很像我家门前的呢。"

母亲举起头来，把眼略睁一睁，没有出声，又支着颐睡去。

过一会，孩子又摇她，说："妈妈，'不要睡吧，看睡出病来了'。你且睁一睁眼看看外面八哥和牛打架呢。"

母亲把眼略略睁开，轻轻打了孩子一下；没有做声，又支着头又睡去。

孩子鼓着腮，很不高兴。但过一会，他又唱起来了。

"妈妈，听我唱歌吧。"孩子对着她说了，又摇她几下。

母亲带着不喜欢的样子说："你闹什么？我都见过，都听过，都知道了；你不知道我很疲乏，不容我歇一下么？"

孩子说：“我们是一起出来的，怎么我还顶精神，你就疲乏起来？难道大人不如孩子么？”

车还在深林平畴之间穿行着。车中的人，除那孩子和一两个旅客以外，少有不像他母亲那么酣睡的。

处女的恐怖

深沉院落，静到极地；虽然我的脚步走在细草之上，还能惊动那伏在绿丛里的蜻蜓。我每次来到庭前，不是听见投壶的音响，便是闻得四弦的颤动；今天，连窗上铁马的轻撞声也没有了！

我心里想着这时候小坡必定在里头和人下围棋，于是轻轻走着，也不声张，就进入屋里。出乎主人的意想，跑去站在他后头，等他蓦然发觉，岂不是很有趣？但我轻揭帘子进去时，并不见小坡，只见他的妹子伏在书案上假寐。我更不好声张，还从原处蹑出来。

走不远，方才被惊的蜻蜓就用那碧玉琢成的一千只眼瞧着我。一见我来，他又鼓起云母的翅膀飞得"飒飒"作响。可是破岑寂的，还是屋里大踏大步的声音。我心知道小坡的妹子醒了，看见院里有客，紧紧要回避，所以不敢回头观望，让她安然走入内衙。

"四爷，四爷，我们太爷请你进来坐。"我听得是玉笙的声音，回头便说："我已经进去了，太爷不在屋里。"

"太爷随即出来，请到屋里一候。"她揭开帘子让我进去。果然他的妹子不在了！丫头刚走到衙内院子的光景，便有一股柔和而带笑的声音送到我耳边说："外面伺候的人一个也没有；好在是西衙的四爷，若是生客，叫人怎样进退？"

"来的无论生熟，都是朋友，又怕什么？"我认得这是玉笙回答她小姐的话语。

"女子怎能不怕男人，敢独自一人和他们应酬么？"

"我又何尝不是女子？你不怕，也就没有什么。"

我才知道她并不曾睡去，不过回避不及，装成那样的。我走近案边，看见一把画未成的纨扇搁在上头。正要坐下，小坡便进来了。

"老四，失迎了。舍妹跑进去，才知道你来。"

"岂敢，岂敢。请原谅我的莽撞。"我拿起纨扇问道，"这是令妹写的？"

"是。她方才就在这里写画。笔法有什么缺点，还求指教。"

"指教倒不敢；总之，这把扇是我捡得的，是没有主的，我要带他回去。"我摇着扇子这样说。

"这不是我的东西，不干我事。我叫她出来与你当面交涉。"小坡笑着向帘子那边叫，"九妹，老四要把你的扇子拿去了！"

他妹子从里面出来，我忙趋前几步——赔笑，行礼。我说："请饶恕我方才的唐突。"她没做声，尽管笑着。我接着说："令兄应许把这扇送给我了。"

小坡抢着说："不！我只说你们可以直接交涉。"

　　她还是笑着，没有做声。

　　我说："请九姑娘就案一挥，把这画完成了，我好立刻带走。"

　　但她仍不做声。她哥哥不耐烦，促她说："到底是允许人家是不允许，尽管说，害什么怕？"妹子扫了他一眼，说："人家就是这么害怕么。"她对我说："这是不成东西的，若是要，我改天再奉上。"

　　我速速说："够了，我不要更好的了。你既然应许，就将这一把赐给我吧。"于是她仍旧坐在案边，用丹青来染那纨扇。我们都在一边看她运笔。小坡笑着对妹子说："现在可不怕人了。"

　　"当然。"她含笑对着哥哥。自这声音发出以后，屋里、庭外，都非常沉寂；窗前也没有铁马的轻撞声。所能听见的只有画笔在笔洗里拨水的微响，和颜色在扇上的运行声。

我想

我想什么？

我心里本有一条达到极乐园地的路，从前曾被那女人走过的；现在那人不在了，这条路不但是荒芜，并且被野草、闲花、棘枝、绕藤占据得找不出来了！

我许久就想着这条路，不单是开给她走的，她不在，我岂不能独自来往？

但是野草、闲花这样美丽、香甜，我怎舍得把它们去掉呢？棘枝、绕藤又那样横逆、蔓延，我手里又没有器械，怎敢惹它们呢？我想独自在那路上徘徊，总没有实行的日子。

日子一久，我连那条路的方向也忘了。我只能日日跑到路口那个小池的岸边静坐，在那里怅望和沉思那草掩、藤封的道途。

狂风一吹，野花乱坠，池中锦鱼道是好饵来了，争着上来唼喋。我所想的，也浮在水面被鱼唼入口里；复幻成泡沫吐出来，仍旧浮回空中。

鱼还是活活泼泼地游；路又不肯自己开了；我更不能把所想的撇在一边。呀！

我定睛望着上下游泳的锦鱼；我的回想也随着上下游荡。

呀，女人！你现在成为我"记忆的池"中的锦鱼了。你有时浮上来，使我得以看见你；有时沉下去，使我费神猜想你是在某片落叶底下，或某块沙石之间。

但是那条路的方向我早忘了，我只能每日坐在池边，盼望你能从水底浮上来。

空山灵雨 · 无法投递之邮件

乡曲的狂言

在城市住久了，每要害起村庄的相思病来。我喜欢到村庄去，不单是贪玩那不染尘垢的山水；并且爱和村里的人攀谈。我常想着到村里听庄稼人说两句愚拙的话语，胜过在郡邑里领受那些智者的高谈大论。

这日，我们又跑到村里拜访耕田的隆哥。他是这小村的长者，自己耕着几亩地，还艺一所菜园。他的生活倒是可以羡慕的。他知道我们不愿意在他矮陋的茅茇（屋）里，就让我们到篱外的瓜棚的下坐坐。

横空的长虹从前山的凹处吐出来，七色的影印在清潭的水面。我们正凝神看着，蓦然听得隆哥好像对着别人说："冲那边走吧，这里有人。"

"我也是人，为何这里就走不得？"我们转过脸来，那人已站在我们跟前。那人一见我们，应行的礼，他也懂得。我们问过他的姓名，请他坐。隆哥看见这样，也就不做声了。

我们看他不像平常人，但他有什么毛病，我们也无从说起。他对我们说："自从我回来，村里的人不晓得当我做个什么。我想我并没有坏意思，我也不打人，也不叫人吃亏，也不占人便宜，怎么他们就这般地欺负我——连路也不许我走？"

和我同来的朋友问隆哥说："他的职业是什么？"隆哥还没做声，他便说："我有事做，我是有职业的人。"说着，便从口袋里掏出一本小折子来，对我的朋友说："我是做买卖的。我做了许久了，这本折子里所记的账不晓得是人该我的，还是我该人的，我也记不清楚，请你给我看看。"他把折子递给我的朋友，我们一同看，原来是同治年间的废折！我们忍不住大笑起来，隆哥也笑了。

隆哥怕他招笑话，想法子把他哄走。我们问起他的来历，隆哥说他从少在天津做买卖，许久没有消息，前几天刚回来的。我们才知道他是村里新回来的一个狂人。

隆哥说："怎么一个好好的人到城市里就变成一个疯子回来？我听见人家说城里有什么疯人院，是造就这种疯子的。你们住在城里，可知道有没有这回事？"

我回答说："笑话！疯人院是人疯了才到里边去；并不是把好好的人送到那里教疯了放出来的。"

"既然如此，为何他不到疯人院里住，反跑回来，到处骚扰？"

"那我可不知道了。"我回答时，我的朋友同时对他说："我们也是疯人，为何不到疯人院里住？"

隆哥很诧异地问："什么？"

我的朋友对我说："我这话，你说对不对？认真说起来，

空山灵雨 · 无法投递之邮件

我们何尝不狂？要是方才那人才不狂呢。我们心里想什么，口又不敢说，手也不敢动，只会装出一副脸孔；倒不如他想说什么便说什么，想做什么就做什么，那分诚实，是我们做不到的。我们若想起我们那些受拘束而显出来的动作，比起他那真诚的自由行动，岂不是我们倒成了狂人？这样看来，我们才疯，他并不疯。"

隆哥不耐烦地说："今天我们都发狂了，说那个干什么？我们谈别的吧。"

瓜棚底下闲谈，不觉把印在水面长虹惊跑了。隆哥的儿子赶着一对白鹅向潭边来。我的精神又贯注在那纯净的家禽身上。鹅见着水也就发狂了。它们互叫了两声，便拍着翅膀趋入水里，把静明的镜面踏破。

生

　　我的生活好像一棵龙舌兰，一叶一叶慢慢地长起来。某一片叶在一个时期曾被那美丽的昆虫做过巢穴；某一片叶曾被小鸟们歇在上头歌唱过。现在那些叶子都落掉了！只有瘢楞的痕迹留在干上，人也忘了某叶某叶曾经显过的样子；那些叶子曾经历过的事迹唯有龙舌兰自己可以记忆得来，可是他不能说给别人知道。

　　我的生活好像我手里这管笛子。它在竹林里长着的时候，许多好鸟歌唱给他听；许多猛兽长啸给他听；甚至天中的风雨雷电都不时教给他发音的方法。

　　他长大了，一切教师所教的都纳入他的记忆里，然而他身中仍是空空洞洞，没有什么。

　　做乐器者把他截下来，开几个气孔，搁在唇边一吹，他从前学的都吐露出来了。

空山灵雨 · 无法投递之邮件

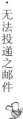

公理战胜

　　那晚上要举行战胜纪念第一次的典礼，不曾尝过战苦的人们争着要尝一尝战后的甘味。式场前头的人，未到七点钟，早就挤满了。

　　那边一个声音说："你也来了！你可是为庆贺公理战胜来的？"这边随着回答道："我只来瞧热闹，管他公理战胜不战胜。"

　　在我耳边恍惚有一个说话带乡下土腔的说："一个洋皇上生日倒比什么都热闹！"

　　我的朋友笑了。

　　我郑重地对他说："你听这愚拙的话，倒很入理。"

　　"我也信——若说战神是洋皇帝的话。"

　　人声，乐声，枪声，和等等杂响混在一处，几乎把我们的耳鼓震裂了。我的朋友说："你看，那边预备放烟花了，我们过去看看吧。"

　　我们远远站着，看那红黄蓝白诸色火花次第地冒上来。

"这真好，这真好！"许多人都是这样颂扬。但这是不是颂扬公理战胜？

旁边有一个人说："你这灿烂的烟花，何尝不是地狱的火焰？若是真有个地狱，我想其中的火焰也是这般好看。"

我的朋友低声对我说："对呀，这烟花岂不是从纪念战死的人而来的？战死的苦我们没有尝到，由战死而显出来的地狱火焰我们倒看见了。"

我说："所以我们今晚的来，不是要趁热闹，乃是要凭吊那班愚昧可怜的牺牲者。"

谈论尽管谈论，烟花还是一样地放。我们的声音常是沦没在腾沸的人海里。

面具

　　人面原不如那纸制的面具哟！你看那红的，黑的，白的，青的，喜笑的，悲哀的，目眦怒得欲裂的面容，无论你怎样褒奖，怎样弃嫌，他们一点也不改变。红的还是红，白的还是白，目眦欲裂的还是目眦欲裂。

　　人面呢？颜色比那纸制的小玩意儿好而且活动，带着生气。可是你褒奖他的时候，他虽是很高兴，脸上却装出很不愿意的样子；你指摘他的时候，他虽是懊恼，脸上偏要显出勇于纳言的颜色。

　　人面到底是靠不住呀！我们要学面具，但不要戴他，因为面具后头应当让他空着才好。

落花生

　　我们屋后有半亩隙地。母亲说："让他荒芜着怪可惜，既然你们那么爱吃花生，就辟来做花生园吧。"我们几姐弟和几个小丫头都很喜欢——买种的买种，动土的动土，灌园的灌园；过不了几个月，居然收获了！

　　妈妈说："今晚我们可以做一个收获节，也请你们爹爹来尝尝我们的新花生，如何？"我们都答应了。母亲把花生做成好几样的食品，还吩咐这节期要在园里的茅亭举行。

　　那晚上的天色不大好，可是爹爹也到来，实在很难得！爹爹说："你们爱吃花生么？"

　　我们都争着答应："爱！"

　　"谁能把花生的好处说出来？"

　　姊姊说："花生的气味很美。"

　　哥哥说："花生可以制油。"

　　我说："无论何等人都可以用贱价买它来吃；都喜欢吃它。这就是它的好处。"

爹爹说："花生的用处固然很多，但有一样是很可贵的。这小小的豆不像那好看的苹果、桃子、石榴，把它们的果实悬在枝上，鲜红嫩绿的颜色，令人一望而发生羡慕的心。他只把果子埋在地的，等到成熟，才容人把他挖出来。你们偶然看见一棵花生瑟缩地长在地上，不能立刻辨出他有没有果实，非得等到你接触他才能知道。"

我们都说："是的。"母亲也点点头。爹爹接下去说："所以你们要像花生，因为他是有用的，不是伟大、好看的东西。"

我说："那么，人要做有用的人，不要做伟大、体面的人了。"

爹爹说："这是我对于你们的希望。"

我们谈到夜阑才散，所有花生食品虽然没有了，然而父亲的话现在还印在我心版上。

别话

　　素辉病得很重，离她停息的时候不过是十二个时辰了。她丈夫坐在一边，一手支颐，一手把着病人的手臂，宁静而恳挚的眼光都注在他妻子的面上。

　　黄昏的微光一分一分地消失，幸而房里都是白的东西，眼睛不至于失了他们的辨别力。屋里的静默，早已布满了死的气色；看护妇又不进来，她的脚步声只在门外轻轻地蹀过去，好像告诉屋里的人说："生命的步履不往这里来，离这里渐次远了。"

　　强烈的电光忽然从玻璃泡里的金丝发出来。光的浪把那病人的眼睑冲开。丈夫见她这样，就回复他的希望，恳挚地说："你——你醒过来了！"

　　素辉好像没听见这话，眼望着他，只说别的。她说："嗳，珠儿的父亲，在这时候，你为什么不带她来见见我？"

　　"明天带她来。"

　　屋里又沉默了许久。

　　"珠儿的父亲哪，因为我身体软弱、多病的缘故，叫你

牺牲许多光阴来看顾我，还阻碍你许多比服侍我更要紧的事。我实在对你不起。我的身体实不容我……"

"不要紧的，服侍你也是我应当做的事。"

她笑。但白的被窝中所显出来的笑容并不是欢乐的标识。她说："我很对不住你，因为我不曾为我们生下一个男儿。"

"哪里的话！女孩子更好。我爱女的。"

凄凉中的喜悦把素辉身中预备要走的魂拥回来。她的精神似乎比前强些，一听丈夫那么说，就接着道："女的本不足爱；你看许多人——连你——为女人惹下多少烦恼！……不过是——人要懂得怎样爱女人，才能懂得怎样爱智慧。不会爱或拒绝爱女人的，纵然他没有烦恼，他是万灵中最愚蠢的人。珠儿的父亲，珠儿的父亲哪，你佩服这话么？"

这时，就是我们——旁边的人——也不能为珠儿的父亲想出一句答辞。

"我离开你以后，切不要因为我，就一辈子过那鳏夫的生活。你必要为我的缘故，依我方才的话爱别的女人。"她说到这里把那只几乎动不得的右手举起来，向枕边摸索。

"你要什么？我替你找。"

"戒指。"

丈夫把她的手扶下来，轻轻在她枕边摸出一只玉戒指来递给她。

"珠儿的父亲，这戒指虽不是我们订婚用的，却是你给我的；你可以存起来，以后再给珠儿的母亲，表明我和她的连属。除此以外，不要把我的东西给她，恐怕你要当她是我；不要把我们的旧话说给她听，恐怕她要因你的话就生出差别心，说你爱死的妇人甚于爱生的妻子。"她把戒指轻轻地套在丈夫左手的无名指上。丈夫随着扶她的手与他的唇边略一接触。妻子对于这番厚意，只用微微睁开的眼睛看着他。除掉这样的回报，她实在不能表现什么。

丈夫说："我应当为你做的事，都对你说过了。我再说一句，无论如何，我永久爱你。"

"咦，再过几时，你就要把我的尸体扔在荒野中了！虽然我不常住在我的身体内，可是人一离开，再等到什么时候，在什么地方才能互通我们恋爱的消息呢？若说我们将要住在天堂的话，我想我也永无再遇见你的日子，因为我们的天堂不一样。你所要住的，必不是我现在要去的。何况我还不配住在天堂？我虽不信你的神，我可信你所信的真理。纵然真理有能力，也不为我们这小小的缘故就永远把我们结在一块。珍重罢，不要爱我于离别之后。"

丈夫既不能说什么话，屋里只可让死的静寂占有了。楼底下恍惚敲了七下自鸣钟。他为尊重医院的规则，就立起来，握着素辉的手说："我的命，再见罢，七点钟了。"

"你不要走，我还和你谈话。"

"明天我早一点来，你累了，歇歇罢。"

"你总不听我的话。"她把眼睛闭了，显出很不愿意的样子。丈夫无奈，又停住片时，但她实在累了，只管躺着，也没有什么话说。

丈夫轻轻蹑出去。一到楼口，那脚步又退后走，不肯下去。他又蹑回来，悄悄到素辉床边，见她显着昏睡的形态。枯涩的泪点滴不下来，只挂在眼睑之间。

爱流汐涨

月儿的步履已踏过嵇家的东墙了。孩子在院里已等了许久，一看见上半弧的光刚射过墙头，便忙忙跑到屋里叫道："爹爹，月儿上来了，出来给我燃香罢。"

屋里坐着一个中年的男子，他的心负了无量的愁闷。外面的月亮虽然还像去年那么圆满，那么光明，可是他对于月亮的情绪就大不如去年了。当孩子进来叫他的时候，他就起来，勉强回答说："宝璜，今晚上不必拜月，我们到院里对着月光吃些果品，回头再出去看看别人的热闹。"

孩子一听见要出去看热闹，更喜得了不得。他说："为什么今晚上不拈香呢？记得从前是妈妈点给我的。"

父亲没有回答他。但孩子的话很多，问得父亲越发伤心了。他对着孩子不甚说话。只有向月不歇地叹息。

"爹爹今晚上不舒服么？为何气喘得那么厉害？"

父亲说："是，我今晚上病了。你不是要出去看热闹么？可以叫素云姐带你去，我不能去了。"

素云是一个年长的丫头。主人的心思、性地，她本十分明白，所以家里无论大小事几乎是她一人主持。她带宝璜出门，到河边看看船上和岸上各样的灯色；便中就告诉孩子说："你爹爹今晚不舒服了，我们得早一点回去才是。"

　　孩子说："爹爹白天还好好地，为何晚上就害起病来？"

　　"唉，你记不得后天是妈妈的百日吗？"

　　"什么是妈妈的百日？"

　　"妈妈死掉，到后天是一百天的工夫。"

　　孩子实在不能理会那"一百日"的深密意思。素云只得说："夜深了，咱们回家去吧。"

　　素云和孩子回来的时候，父亲已经躺在床上，见他们回来，就说："你们回来了。"她跑到床前回答说："二舍，我们回来了，晚上大哥儿可以和我同睡，我招呼他，好不好？"

　　父亲说："不必。你还是睡你的吧。你把他安置好，就可以去歇息，这里没有什么事。"

　　这个七岁的孩子就睡在离父亲不远的一张小床上。外头的鼓乐声，和树梢的月影，把孩子孵得不能睡觉。在睡眠的时候，父亲本有命令，不许说话；所以孩子只得默听着，不敢发出什么声音。

　　乐声远了，在近处的杂响中，最刺激孩子的，就是从父亲那里发出来的啜泣声。在孩子的思想里，大人是不会哭的。所以他很诧异地问："爹爹，你怕黑么？大猫要来咬你么？你哭什么？"他说着就要起来，因为他也怕大猫。

　　父亲阻止他，说："爹爹今晚上不舒服，没有别的事。不许起来。"

空山灵雨 · 无法投递之邮件

"咦，爹爹明明哭了！我每哭的时候，爹爹说我的声音像河里水声㳶㶀㳶㶀地响；现在爹爹的声音也和那个一样。呀，爹爹，别哭了。爹爹一哭，叫宝璜怎能睡觉呢？"

　　孩子越说越多，弄得父亲的心绪更乱。他不能用什么话来对付孩子，只说："璜儿，我不是说过，在睡觉时不许说话么？你再说时，爹爹就不疼你了。好好地睡吧。"

　　孩子只复说一句："爹爹要哭，叫人怎样睡得着呢？"以后他就静默了。

　　这晚上的催眠歌，就是父亲的抽噎声。不久，孩子也因着这声就发出微细的鼾息，屋里只有些杂响伴着父亲发出哀音。

无法投递之邮件

给诵幼

不能投递之原因——地址不明，退发信人写明再递。

诵幼，我许久没见你了。我近来患失眠症。梦魂呢，又常困在躯壳里飞不到你身边，心急得很。但世间事本无容人着急的余地，越着急越不能到，我只得听其自然罢了。你总不来我这里，也许你怪我那天藏起来，没有出来帮你忙的缘故。呀，诵幼，若你因那事怪了我，可就冤枉极了！我在那时，全身已抛在烦恼的海中，自救尚且不暇，何能顾你？今天接定慧的信，说你已经被释放了，我实在欢喜得很！呀，诵幼，此后须要小心和男子相往来。你们女子常说"男子坏的很多"，这话诚然不错。但我以为男子的坏，并非他生来就是如此的，是跟女子学来的。诵幼，我说这话，请你不要怪我。你的事且不提，我拿文锦的事来说吧。他对于尚素本来是很诚实的，但尚素要将她和文锦的交情变为更亲密的交情，故不得不胡乱献些殷勤。呀，女人的殷勤，就是使男子变坏的砥石哟！我并不是说女子对于男子要很森严、冷酷，像怀霄待人一样，不过说没有智慧的殷勤是危险的罢了。

我盼望你今后的景况像湖心的白鹄一样。

给贞蕤

不能投递之原因——此人已离广州。

自走马营一别，至今未得你的消息。知道你的生活和行脚僧一样，所以没有破旅愁的书信给你念。昨天从秔香处听见你的近况，且知道你现在住在这里，不由得我不写这几句话给你。

我的朋友，你想北极的冰洋上能够长出花菖蒲，或开得像尼罗河边的王莲来么？我劝你就回家去吧。放着你清凉而恬淡的生活不享，飘零着找那不知心的"知心人"，为何自找这等刑罚？纵说是你当时得罪了他，要找着他向他谢罪，可是罪过你已认了，那温润不挠、如玉一般的情好岂能弥补得毫无瑕疵？

我的朋友，我常想着我曾用过一管笔，有一天无意中把笔尖误烧了（因为我要学篆书，听人说烧尖了好写），就不能再用它。但我很爱那笔，用尽许多法子，也补救不来；就是

空山灵雨·无法投递之邮件

拿去找笔匠，也不能出什么主意，只是叫我再换过一管罢了。我对于那天天接触的小宝贝，虽舍不得扔掉，也不能不把它藏在笔囊里。人情虽不能像这样换法，然而，我们若在不能换之中，姑且当做能换，也就安慰多了。你有心牺牲你的命运，他却无意成就你的愿望，你又何必！我劝你早一点回去罢，看你年少的容貌或逃镜影中，在你背后的黑影快要闯入你的身里，把你青春一切活泼的风度赶走，把你光艳的躯壳夺去了。

我再三叮咛你，不知心的"知心人"，纵然找着了，只是加增懊恼，毫无用处的。

给小鸾

不能投递之原因——此人已入疯人院。

绿绮湖边的夜谈，是我们所不能忘掉的。但是，小鸾，我要告诉你，迷生绝不能和我一样，常常惦念着你，因为他的心多用在那恋爱的遗骸上头。你不是叫我探究他的意思吗？我昨天一早到他那里去，在一件事情上，使我理会他还是一个爱的坟墓的守护者。若是你愿意听这段故事，我就可以告诉你。

我一进门时，他垂着头好像很悲伤的样子，便问："迷生，你又想什么来？"他叹了一声才说："她织给我的领带坏了！我身边再也没有她的遗物了！人丢了，她的东西也要陆续地跟着她走，真是难解！"我说："是的，太阳也有破坏的日子，何况一件小小东西，你不许它坏，成么？"

"为什么不成！若是我不用它，就可以保全它，然而我怎能不用？我一用她给我留下的器用，就藉那些东西要和她交

空山灵雨 · 无法投递之邮件

通，且要得着无量安慰。"他低垂的视线牵着手里底旧领带，接着说："唉，现在她的手泽都完了！"

　　小峦，你想他这样还能把你惦记在心里么？你太轻于自信了。我不是使你失望，我很了解他，也了解你，你们固然是亲戚，但我要提醒除你疏淡的友谊外，不要多走一步。因为，凡最终的地方，都是在对岸那很高、很远、很暗，且不能用平常的舟车达到的。你和迷生的事，据我现在的观察，纵使蜘蛛的丝能够织成帆，蜷螂的甲能够装成船，也不能度你过第一步要过的心意的汪洋。你不要再发痴了，还是回向莲台，拜你那低头不语的偶像好。你常说我给麻醉剂你服，不错的！若是我给一毫一厘的兴奋剂你服，恐怕你要起不来了。

答劳云

不能投递之原因——劳云已投金光明寺，在岭上，不能递。

中夜起来，月还在座，渴鼠蹑上桌子偷我笔洗里的墨水喝，我一下床它就吓跑了。它惊醒我，我吓跑它，也是公道的事情。到窗边坐下，且不点灯，回想去年此夜，我们正在了因的园里共谈，你说我们在万本芭蕉底下直像草根底下斗鸣的小虫。唉，今夜那园里的小虫必还在草根底下叫着，然而我们呢？本要独自出去一走，争奈院里鬼影历乱，又没有侣伴，只得作罢了，睡不着，偏想茶喝，到后房去，见我的小丫头被憺睡锁得很牢固，不好解放她，喝茶的念头，也得作罢了。回到窗边坐下，摩摩窗棂，无意摩着你前月的信，就仗着月灯再念了一遍。可幸你的字比我写得还要粗大，念时，尚不费劲。在这时候，只好给你写这封回信。

劳云，我对了因所说，哪得天下荒山，重叠围合，做个大监牢——野兽当逻卒，古树作栅栏，烟云拟桎梏，茑萝为

· 105 ·

索链——闲散地囚禁你这流动人愁怀的诗犯？不想你真要自首去了！去也好，但我只怕你一去到那里便成诗境，不是诗牢了。

你问我为什么叫你做诗犯，我自己也不知其所以然。我觉得你的诗虽然很好，可是你心里所有的和手里写出来的总不能适合，不如把笔摔掉，到那只许你心儿领会的诗牢去更妙。遍世间尽是诗境，所以诗人易做。诗人无论遇着什么，总不肯狰嘿着，非发出些愁苦的诗不可，真是难解。譬如今夜夜色，若你在时，必要把院里所有的调戏一番，非叫它们都哭了，你不甘心。这便是你的过犯了。所以我要叫你做诗犯，很盼望你做个诗犯。

一手按着手电灯，一手写字，很容易乏，不写了。今夜起来，本不是为给你写回信，然而在不知不觉中，就误了我半小时，不能和我那个"月"默谈。这又是你的罪过！

院里的虫声直如鬼哭，听得我毛发尽竦。还是埋头枕底，让那只小鼠畅饮一场罢。

给琰光

不能投递之原因——琰光南归就婚，嘱所有男女来书均退回。

你在我心中始终是一个生面人，彼此间再也不能有什么微妙深沉的认识了，这也是难怪的。白孔雀和白熊虽是一样清白，而性情的冷暖各不相同，故所住的地方也不相同。我看出来了！你是白熊，只宜徘徊于古冰峥嵘的岩壑间，当然不能与我这白孔雀一同飞翔于缨藤缕缕、繁花树树的森林里。可惜我从前对你所有意绪，到今日落得寸断毫分，流离到踪迹都无。我终恨我不是创作者呀！怎么连这刹那等速的情爱时间也做不来？

我热极了，躺在病床上，只是同冰做伴。你的情愫也和冰一样，我愈热，你愈融，结果只使我戴着一头冷水。就是在手中的，也消融尽了。人间第一痛苦就是无情的人偏会装出多情的模样，有情的倒是缄口束手，无所表示！启芳说我

空山灵雨·无法投递之邮件

是泛爱者，劳生说我是兼爱者，但我自己却以为我是困爱者。我实对你说，我自己实不敢做，也不能做爱恋业，为困于爱，故镇日颠倒于这甜苦的重围中，不能自行救度。爱的沉沦是一切救主所不能救的。爱的迷蒙是一切"天人师"所不能训诲开示的。爱的刚愎是一切"调御丈夫"所不能降伏的。

病中总希望你来看看我，不想你影儿不露，连信也不来！似游丝的情绪只得因着记忆的风挂搭在西园西篱，晚霞现处。那里站着我儿时曾爱，现在犹爱底邕。她是我这一生第一个女伴，二十四年的别离，我已成年，而心像中的邕还是两股小辫垂在绿衫儿上。毕竟是别离好呵！别离的人总不会老的，你不来也就罢了，因为我更喜欢在旧梦中寻找你。

你去年对我说那句话，这四百日中，我未尝忘掉要给你一个解答。你说爱是你的，你要予便予，要夺便夺。又说要得你的爱须付代价。咦，你老脱不掉女人的骄傲！无论是谁，都不能有自己的爱。你未生以前，爱恋早已存在，不过你偷了些少来眩惑人罢了。你到底是个爱的小窃，同时是个爱的典质者。你何尝花了一丝一忽的财宝，或费了一言一动的劳力去索取爱恋，你就想便宜得来，高贵地售出？人间第二痛苦就是出无等的代价去买不用劳力得来的爱恋。我实在告诉你，要代价的爱情，我买不起。

焦把纸笔拿到床边，迫着我写信给你，不得已才写了这一套话。我心里告诉我说，从诚实心表见出来的言语，永不至于得罪人，所以我想上头所说的不会动你的怒。

给憬然三姑

不能投递之原因——本宅并无"三姑"称谓。

我来找你，并不是不知道你已嫁了，怎么你总不敢出来
和我叙叙旧话？我一定要认识你的"天"以后才可以见你么？
三千里的海山，十二年的隔绝，此间：每年、每月、每个时
辰、每一念中都盼着要再会你。一踏入你的大门，我心便摆
得如秋千一般，几乎把心房上的大脉震断了。谁知坐了半天，
你总不出来！好容易见你出来，客气话说了，又坐我背后。
那时许多人要与我谈话，我怎好意思回过脸去向着你？

合卺酒是女人的楠兜汤，一喝便把儿女旧事都忘了，所
以你一见了我，只似曾相识，似不相识，似怕人知道我们曾
相识，两意三心，把旧时的好话都撇在一边。

那一年的深秋，我们同在昌华小榭赏残荷。我的手误触
在竹栏边的仙人掌上，竟至流血不止。你从你的镜囊取出些
粉纸，又拔两根你香柔而黑甜的头发，为我裹缠伤处。你记

空山灵雨·无法投递之邮件

得那时所说的话么？你说："这头发虽然不如弦的韧，用来缠伤，足能使得，就是用来系爱人的爱也未必不能胜任。"你含羞说出的话真果把我心系住，可是你的记忆早与我的伤痕一同丧失了。

又是一年的秋天，我们同在屋顶放一只心形纸鸢。你扶着我的肩膀看我把线放尽了。纸鸢腾得很高，因为风力过大，扯得线儿欲断不断。你记得你那时所说的话么？你说："这也不是'红线'，容它断了吧。"我说："你想我舍得把我偷闲做成的'心'放弃掉么？纵然没有红线，也不能容它流落。"你说："放掉假心，还有真心呢。"你从我手里把白线夺过去，一撒手，纸鸢便翻了无数的筋斗，带着堕线飞去，挂在皇觉寺塔顶。那破心的纤维也许还存在塔上，可是你的记忆早与当时的风一样地不能追寻了。

有一次，我们在流花桥上听鹧鸪，你的白袜子给道旁的曼陀罗花汁染污了。我要你脱下来，让我替你洗净。你记得当时你说什么来？你说："你不怕人笑话么，——岂有男子给女人洗袜子的道理？你忘了我方才用栀子花蒂在你掌上写了我的名字么？一到水里，可不把我的名字从你手心洗掉，你怎舍得？"唉，现在你的记忆也和写在我掌上的名字一同消灭了！

真是！合卺酒是女人欇兜汤，一喝便把儿女旧事都忘了。但一切往事在我心中都如残机的线，线线都相连着，一时还不能断尽。我知道你现在很快活，因为有了许多子女在你膝下。我一想起你，也是和你对着儿女时一样地喜欢。

给爽君夫妇

不能投递之原因——爽君逃了，不知去向。

你的问题，实在是时代问题，我不是先知，也不能决定说出其中的秘奥。但我可以把几位朋友所说的话介绍给你知道，你定然要很乐意地念一念。

我有一位朋友说："要双方发生误解，才有爱情。"他的意思以为相互的误解是爱情的基础。若有一方面了解，一方面误解，爱也无从悬挂的。若两方面都互相了解，只能发生更好的友谊罢了。爱情的发生，因为我不知道你是怎么一回事，你不知道我是怎么一回事。若彼此都知道很透彻，那时便是爱情的老死期到了。

又有一位朋友说："爱情是彼此的帮助：凡事不顾自己，只顾人。"这句话，据我看来，未免广泛一点。我想你也知道其中不尽然的地方。

又有一位朋友说："能够把自己的人格忘了，去求两方更高的共同人格便是爱情。"他以为爱情是无我相的，有"我"的执着不能爱，所以要把人格丢掉；然而人格在人间生活的期间内是不能抛弃的，为这缘故，就不能不再找一个比自己人格更高尚的东西。他说这要找的便是共同人格。两方因为再找一个共同人格，在某一点上相遇上，便连合起来成为爱情。

此外有许多陈腐而很新鲜的论调我也不多说了。总之，爱情是非常神秘，而且是一个人一样的。近时的作家每要夸炫说："我是不写爱情小说，不做爱情诗的。"介绍一个作家，也要说："他是不写爱情的文艺的。"我想这就是我们不能了解爱情本体的原因。爱情就是生活，若是一个作家不会描写，或不敢描写，他便不配写其余的文艺。

我自信我是有情人，虽不能知道爱情的神秘，却愿多多地描写爱情生活。我立愿尽此生，能写一篇爱情生活，便写一篇；能写十篇，便写十篇；能写百、千、亿、万篇，便写百、千、亿、万篇。立这志愿，为的是安慰一般互相误解、不明白的人。你能不骂我是爱情牢狱的广告人么？

这信写来答覆爽君。亦雄也可同念。

复诵幼

不能投递之原因——该处并无此人。

"是神造宇宙、造人间、造人、造爱；还是爱造人、造人间、造宇宙、造神？"这实与"是男生女，是女生男"的旧谜一般难决。我总想着人能造的少，而能破的多。同时，这一方面是造，那一方面便是破。世间本没有"无限"。你破璞来造你的玉簪，破贝来造你的珠珥，破木为梁，破石为墙，破蚕、绵、麻、麦、牛、羊、鱼、鳖的生命来造你的日用饮食，乃至破五金来造货币、枪弹，以残害同类、异种的生命。这都是破造双成的。要生活就得破。就是你现在的"室家之乐"也从破得来。你破人家亲子之爱来造成的配偶，又何尝不是破？破是不坏的，不过现代的人还找不出破坏量少而建造量多的一个好方法罢了。

你问我和她的情谊破了不，我要诚实地回答你说：诚然，我们的情谊已经碎为流尘，再也不能复原了；但在清夜

空山灵雨·无法投递之邮件

中，旧谊的鬼灵曾一度蹑到我记忆的仓库里，悄悄把我伐情的斧——怨恨——拿走。我揭开被褥起来，待要追它，它已乘着我眼中的毛轮飞去了。这不易寻觅的鬼灵只留它的踪迹在我书架上。原来那是伊人的文件！我伸伸腰，揉着眼，取下来念了又念，伊人的冷面复次显现了。旧的情谊又从字里行间复活起来。相怨后的复和，总解不通从前是怎么一回事，也诉不出其中的甘苦。心面上底青紫惟有用泪洗濯而已。有涩泪可流的人还算不得是悲哀者。所以我还能把壁上的琵琶抱下来弹弹，一破清夜的岑寂。你想我对着这归来的旧好必要弹些高兴的调子。可是我那夜弹来弹去只是一阕《长相忆》，总弹不出《好事》！这奈何，奈何？我理会从记忆的坟里复现的旧谊，多年总有些分别。但玉在她的信里附着几句短词嘲我说：

> 噫，说到相怨总是表面事，
> 心里的好人儿仍是旧相识。
> 是爱是憎本容不得你做主，
> 你到底是个爱恋的奴隶！

　　她所嘲于我的未免太过。然而那夜的境遇实是我破从前一切情愫所建造的。此后，纵然表面上极淡的交谊也没有，而我们心心的理会仍可以来去自如。

　　你说爱是神所造，劝我不要拒绝，我本没有拒绝，然而憎也是神所造，我又怎能不承纳呢？我心本如香水海，只任轻浮的慈惠船载着喜爱的花果在上面游荡。至于满载痴石喷火的簰筏，终要因它的危险和沉重而消没净尽，焚毁净尽。爱憎既不由我自主，那破造更无消说了。因破而造，因造而破，缘因更迭，你那能说这是好，那是坏？至于我的心迹连我自己也不知道，你又怎能名其奥妙？人到无求，心自清宁，那时既无所造作，亦无所破坏。我只觉我心还有多少欲念除不掉，自当勇敢地破灭它至于无余。

　　你，女人，不要和我讲哲学。我不懂哲学。我劝你也不要希望你脑中有百"论"、千"说"、亿万"主义"，那由他"派别"，辩来论去，逃不出鸡子方圆底争执。纵使你能证出鸡子是方的，又将如何？你还是给我讲讲音乐好。近来造了一阕《暖云烘寒月》琵琶谱，顺抄一份寄给你。这也是破了许多工夫造得来的。

空山灵雨 · 无法投递之邮件

复真龄

不能投递之原因——真龄去国，未留住址。

自与那人相怨后，更觉此生不乐。不过旧时的爱好，如洁白的寒鹭，三两时间飞来歇在我心中泥泞的枯塘之岸，有时漫涉到将干未干的水中央，还能使那寂静的平面随着她的步履起些微波。

唉，爱姐姐和病弟弟总是孪生的呵！我已经百夜没睡了。我常说，我的爱如香冽的酒，已经被人饮尽了，我哀伤的金罍里只剩些残冰的融液，既不能醉人，又足以冻我齿牙。你试想，一个百夜不眠的人，若渴到极地，就禁得冷饮么？

"为爱恋而去的人终要循着心境的爱迹归来"。我老是这样地颠倒梦想。但两人之中，谁是为爱恋先走开的？我说那人，那人说我。谁也不肯循着谁的爱迹归来。这委是一件胡卢事！玉为这事也和你一样写信来呵责我，她真和她眼中的瞳子一样，不用镜子就映不着自己。所以我给她寄一面小镜去。她说："女人总是要人爱的"，难道男子就不是要人爱的？她当初和球一自相怨后，也是一样蒙起各人的面具，相逢直如不识。他们两个复和，还是我的工夫，我且写给你看。

那天，我知道球要到帝室之林去赏秋叶，就怂恿她与我同去。我远地看见球从溪边走来，借故撇开她，留她在一棵枫树下坐着，自己藏在一边静观。人在落叶上走是秘不得的。球的足音，谅她听得着。球走近树边二丈相离的地方也就不往前进了。他也在一根横卧的树根上坐下，拾起枯枝只顾挥拨地上的败叶。她偷偷地看球，不做声，也不到那边去。球的双眼有时也从假意低着的头斜斜地望她。他一望，玉又假做看别的了。谁也不愿意表明谁看着谁来。你知道这是很平常的事。由爱至怨，由怨至于假不相识，由假不相识也许能回到原来的有情境地。我见如此，故意走回来，向她说："球在那边哪！"她回答："看见了。"你想这话若多两个字"钦此"，岂不成这娘娘的懿旨？我又大声嚷球。他的回答也是一样地庄严，几乎带上"钦此"二字。我跑去把球揪来。对他们说："你们彼此相对道道歉，如何？"到的是男子容易劝。球到她跟前说："我也不知道怎样得罪你。他迫着我向你道歉，我就向你道歉罢。"她望着球，心里愉悦之情早破了她的双颊冲出来。她说："人为什么不能自主到这步田地？连道个歉也要朋友迫着来。"好了，他们重新说起话来了！

她是要男子爱的，所以我能给她办这事。我是要女人爱的，故毋需去瞅睬那人，我在情谊的道上非常诚实，也没有变动，是人先离开的。谁离开，谁得循着自己心境的爱迹归来。我那能长出千万翅膀飞入苍茫里去找她？再者，他们是醉于爱的人，故能一说再合。我又无爱可醉，犯不着去讨当头一棒的冷话。您想是不是？

给怀霄

不能投递之原因——此信遗在道旁，由陈斋夫拾回。

好几次写信给你都从火炉里捎去。我希望当你看见从我信笺上出来那几缕烟在空中飘扬的时候，我的意见也能同时印入你的网膜。

怀霄，我不愿意写信给你的缘故，因为你只当我是有情的人，不当我是有趣的人。我常对人说，你是可爱的，不过你游戏天地的心比什么都强，人还够不上爱你。朋友们都说我爱你，连你也是这样想，真是怪事！你想男女得先定其必能相爱，然后互相往来么？好人甚多，怎能个个爱恋他？不过这样的成见不止你有，我很可以原谅你。我的朋友，在爱的田园中，当然免不了三风四雨。从来没有不变化的天气能叫一切花果开得斑斓，结得磊砢的。你连种子还没下，就想得着果实，便是办不到的。我告诉你，真能下雨的云是一声也不响的。不掉点儿的密云，雷电反发射得弥满天地。所以

人家的话，不一定就是事实，请你放心。

　　男子愿意做女人的好伴侣、好朋友，可不愿意当她们的奴才，供她们使令。他愿意帮助她们，可不喜欢奉承谄媚她们，男子就是男子，媚是女人的事。你若把"女王""女神"的尊号暂时收在镜囊里，一定要得着许多能帮助你的朋友。我知道你的性地很冷酷，你不但不愿意得几位新的好友，或极疏淡的学问之交，连旧的你也要一个一个弃绝掉。嫁了的女朋友，和做了官的男相识，都是不念旧好的。与他们见面时，常竟如路人。你还未嫁，还未做官，不该施行那样的事情。我不是呵责你，也不是生气——就使你侮辱我到极点，我也不生气。我不过尽我的情劝告你罢了。说到劝告，也是不得已的。这封信也是在万不得已的境遇底下写的。写完了，我还是盼望你收不到。

复少觉

不能投递之原因——受信人地址为墨所污，无法投递。

同年的老弟：我知道怀书多病，故月来未尝发信问候，恐惹起她的悲怨。她自说："我有心事万缕，总不愿写出、说出；到无可奈何时节，只得由它化作血丝飘出来。"所以她也不写信告诉我她到底是害什么病。我想她现时正躺在病榻上呢。

唉，怀书的病是难以治好的。一个人最怕有"理想"。理想不但能使人病，且能使人放弃他的性命。她甚至抱着理想的理想，怎能不每日病透二十四小时？她常对我说："有而不完全，宁可不有。"你想"完全"真能在人间找得出来的么？就是遍游亿万尘沙世界，经过庄严劫，贤劫，星宿劫，也找不着呀！不完全的世界怎能有完全的人？她自己也不完全，怎配想得一个完全的男子？纵使世间真有一个完全的男子，与她理想的理想一样，那男子对她未必就能起敬爱。罢

空山灵雨·无法投递之邮件

了！这又是一种渴鹿趋阳焰的事，即令他有千万蹄，每蹄各具千万翅膀，飞跑到旷野尽处，也不能得点滴的水。何况她还盼望得到绿洲做她的憩息饮食处？朋友们说她是"愚拙的聪明人"，诚然！她真是一个万事伶俐，一时懵懂的女人。

她总没想到"完全"是由妖魔画空而成，本来无东西，何能捉得住？多才、多艺、多色、多意想的人最容易犯理想病。因为有了这些，魔便乘隙于她心中画等等极乐、饰等等庄严、造等等偶像；使她这本来辛苦的身心更受造作安乐的刑罚。这刑罚，除了世人以为愚拙的人以外，谁也不能免掉。如果她知道这是魔的诡计，她就泅近解脱的岸边了，"理想"和毒花一样，眼看是美，却拿不得。三家村女也知道开美丽的花的多是毒草，总不敢取来做肴馔，可见真正聪明人还数不到她。自求辛螫的人除用自己的泪来调反省的药饵以外，再没有别样灵方。医生说她外表似冷，内里却中了很深的繁花毒。由毒生热恼，恼极成劳，故呕心有血。我早知她的病原在此，只恨没有神变威力，幻作大白香象，到阿耨达池去，吸取些清凉水来与她灌顶，使她表里俱冷。虽然如此，我还尽力向她劝说，希望她自己能调伏她理想的热毒。我写到这里，接朋友的信说她病得很凶，我得赶紧去看看她。